16	3	2	13
5	10	11	8
9	6	7	12
4	15	14	1

Ros Asquith

EU ERA UMA ADOLESCENTE ENCANADA

Ilustrações da autora
Tradução de Alexandre Barbosa de Souza

editora 34

EDITORA 34

Editora Ltda.
Rua Hungria, 592 Jardim Europa CEP 01455-000
São Paulo - SP Brasil Tel/Fax (11) 3816-6777 editora34@uol.com.br

Título original:
I was a teenage worrier

Ilustrações:
Ros Asquith

Capa, projeto gráfico e editoração eletrônica:
Bracher & Malta Produção Gráfica

Revisão:
Cristina Fino

1ª Edição - 1997 (2ª Reimpressão - 2001)

Catalogação na Fonte do Departamento Nacional do Livro
(Fundação Biblioteca Nacional, RJ, Brasil)

Asquith, Ros
A843e Eu era uma adolescente encanada / Ros Asquith; ilustrações da autora; tradução de Alexandre Barbosa de Souza. — São Paulo: Ed. 34, 1997
240 p. (Coleção Infanto-Juvenil)

Tradução de: I was a teenage worrier

ISBN 85-7326-068-8

1. Literatura infanto-juvenil. I. Souza, Alexandre Barbosa de, 1972-. II. Título. III. Série.

CDD - 808.899282

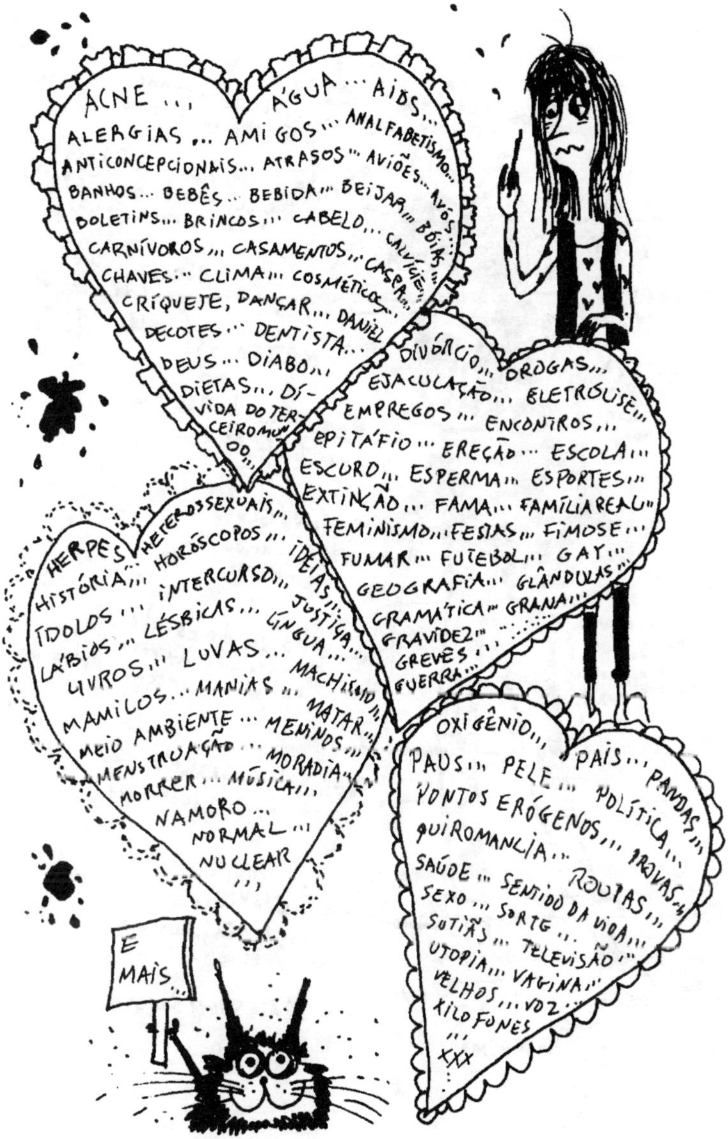

ACNE... ÁGUA... AIDS...
ALERGIAS... AMIGOS... ANALFABETISMO...
ANTICONCEPCIONAIS... ATRASOS... AVIÕES... AVÓS...
BANHOS... BEBÊS... BEBIDA... BEIJAR... BÓIAS...
BOLETINS... BRINCOS... CABELO... CALVÍCIE...
CARNÍVOROS... CASAMENTOS... CASPA...
CHAVES... CLIMA... COSMÉTICOS...
CRÍQUETE, DANÇAR... DANIEL...
DECOTES... DENTISTA...
DEUS... DIABO...
DIETAS... DÍVIDA DO TERCEIRO MUNDO...
DIVÓRCIO... DROGAS...
EJACULAÇÃO... ELETRÓLISE...
EMPREGOS... ENCONTROS...
EPITÁFIO... EREÇÃO... ESCOLA...
ESCURO... ESPERMA... ESPORTES...
EXTINÇÃO... FAMA... FAMÍLIA REAL...
FEMINISMO... FESTAS... FIMOSE...
FUMAR... FUTEBOL... GAY...
GEOGRAFIA... GLÂNDULAS...
GRAMÁTICA... GRANA...
GRAVIDEZ...
GREVES...
GUERRA...
HERPES... HETEROSSEXUAIS...
HISTÓRIA... HORÓSCOPOS... IDÉIAS...
ÍDOLOS... INTERCURSO... JUSTIÇA...
LÁBIOS... LÉSBICAS... LÍNGUA...
LIVROS... LUVAS... MACHISMO...
MAMILOS... MANIAS... MATAR...
MEIO AMBIENTE... MENINOS...
MENSTRUAÇÃO... MORADIA...
MORRER... MÚSICA...
NAMORO...
NORMAL...
NUCLEAR...
OXIGÊNIO...
PAUS... PAÍS... PANDAS...
PELE... POLÍTICA...
PONTOS ERÓGENOS... PROVAS...
QUIROMANCIA...
SAÚDE... ROUPAS...
SENTIDO DA VIDA...
SEXO... SORTE...
SUTIÃS... TELEVISÃO...
UTOPIA... VAGINA...
VELHOS... VOZ...
XILOFONES...
XXX
E MAIS...

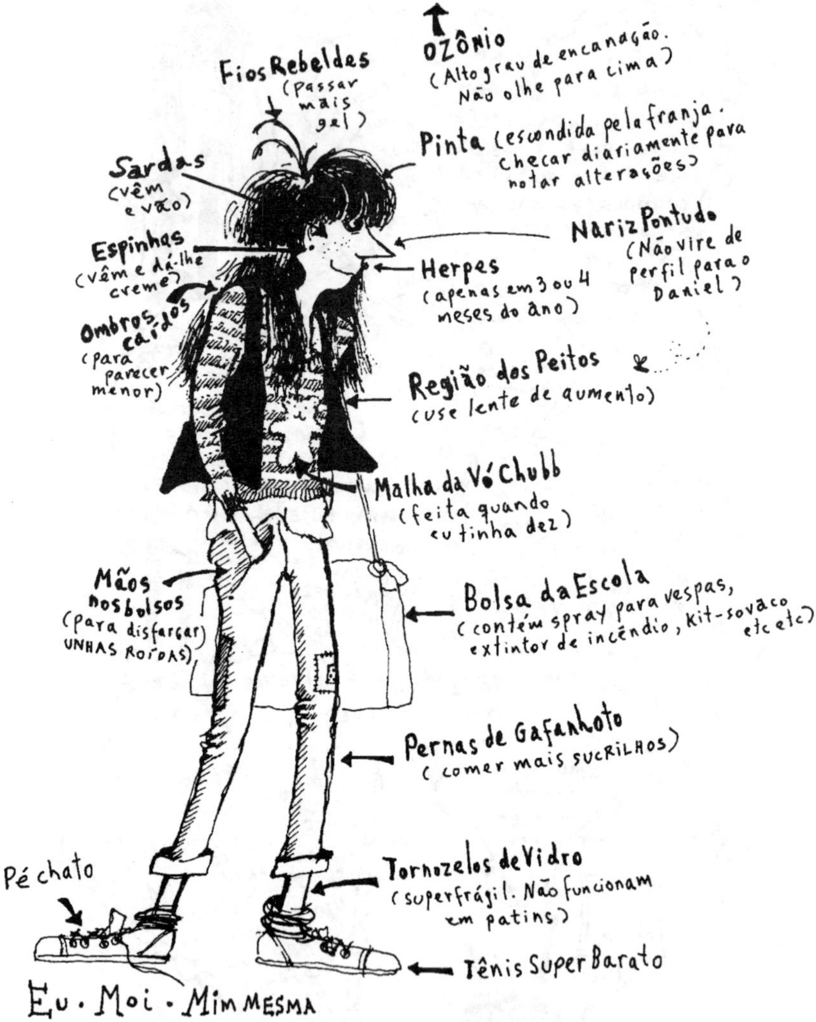

OZÔNIO
(Alto grau de encanação. Não olhe para cima)
Fios Rebeldes
(passar mais gel)
Pinta (escondida pela franja. checar diariamente para notar alterações)
Sardas
(vêm e vão)
Nariz Pontudo
(Não vire de perfil para o Daniel)
Espinhas
(vêm e dá-lhe creme)
Herpes
(apenas em 3 ou 4 meses do ano)
Ombros caídos
(para parecer menor)
Região dos Peitos
(use lente de aumento)
Malha da Vó Chubb
(feita quando eu tinha dez)
Mãos nos bolsos
(para disfarçar UNHAS ROÍDAS)
Bolsa da Escola
(contém spray para vespas, extintor de incêndio, kit-sovaco etc etc)
Pernas de Gafanhoto
(comer mais SUCRILHOS)
Pé chato
Tornozelos de Vidro
(superfrágil. Não funcionam em patins)
Tênis Super Barato
Eu · Moi · Mim MESMA

Luiza

Pokey House
Small Street
Londres
Inglaterra
Pequena Bretanha
Europa (ha ha)
O Mundo
O Sistema Solar
A Galáxia
O Universo
Infinito

Caro Leitor(a),

Você sabe o que é se sentir realmente ENCANADO? Quando a sua palma da mão fica parecendo um sapo de tão suada, os seus sovacos parecem estar exalando margarina quente, e uma banda de heavy-metal fica ensaiando na sua cabeça? Bem, este é um livro sobre COMO DESENCANAR (ha, ha, conta outra, o que é que essa aí sabe? e tal). Então, se alguma dessas coisas que eu disse faz sentido pra você, eu espero que este pequeno volume seja um PRATO CHEIO.

Não que eu tenha ficado realmente desencanada quando escrevi este livro. Quanto mais longe você vai num assunto como esse, mais você se toca do que tem de coisa com que FICAR ENCANADO, e aquilo que no começo era só um trabalho final da escola (gemidos) sobre o tema superinteressante das SUPERSTIÇÕES acabou virando este Best-Seller-de-Terceira-para-Fazer-Rios-de-Dinheiro (ops, quer dizer, este livro de auto-ajuda superimportante para os futuros cidadãos).

De qualquer jeito, se eu consigo controlar as minhas ENCANAÇÕES (eu que sou a pessoa Mais Encanada do Planeta Terra), você também consegue.

Eu já sou considerada Adolescente há dois anos, e por isso eu sei do que estou falando. Queria que alguém tivesse me dito tudo isso quando eu tinha DEZ anos. Aí eu seria capaz de seguir por uma calçada como um ser perfeitamente normal, ao invés de encanar de não pisar nas risquinhas (buáá, dãrd, VÊ SE CRESCE, MENINA, essas coisas).

Bem, de qualquer jeito, eu estou fazendo essa Grande Obra como um Abecedário e vou tentar tratar das NOSSAS MAIORES ENCANAÇÕES DE ADOLESCENTES DE HOJE EM DIA. Tipo ESPINHA, TAMANHO DO PAU (é isso aí, meninos, se o seu tem mais de trinta centímetros nem se preocupe, tô brincando, brincadeirinha), Como-fingir-que-não-liga-quando-sua-melhor-amiga-fica-com-o-único-cara-que-você-amará-para-sempre (soluços, violinos, me dá um lenço, essas coisas), CARREIRA (e o tamanho da fila para entregar a sua ficha), e o SENTIDO DA VIDA — no topo da lista por fazer você ter palpitações de angústia, deixar a lição de casa por fazer, escrever poemas num caderno e ficar mexendo em sua genitalha [Nota: checar como se escreve antes de entregar o livro]. Mas não fique pensando que se você for abrir para ler logo em PAUS ou SENTIDO DA VIDA não vai precisar ler o resto, porque "aquilo" está em todas e você não vai conseguir encontrar tudo só fuçando na livraria, não seja tão vulgar.

Eu só vou deixar de fora as encanações que são realmente irrelevantes, que nem BISCOITOS (a minha tia achava que se ela pegasse da bandeja só os biscoitos mais bonitinhos os feinhos iam se sentir SOZINHOS!) ou CHÃOS DE COZINHA (meu irmão menor, o Benjy, tem um verdadeiro pavor do chão da nossa cozinha), porque eu acho que esse é o tipo da Encanação MINORITÁRIA. E também ficam de fora as super-hiper-ENCANAÇÕES, tipo se o Sol vai virar uma enorme Anã Branca na semana que vem e o que aconteceria com a minha Professora (que parece um pouco uma anã branca) se isso acontecesse.

Mas eu ainda estou Encanada que eu possa ter esquecido alguma Encanação Realmente Importante (grande OU pequena) que esteja na real Encanando VOCÊ. Se isso tiver acontecido, caro Leitor (a), por favor me escreva e eu vou tentar convencer o meu editor (que vergonha) a colocar na próxima edição (visões de fogo, sangue, essas coisas).

Por enquanto é só, compre este livro e eu poderei ficar superrica, quer dizer, você poderá DESENCANAR e começar a VIVER.

Letty Chubb

COISAS QUE VOCÊ PODE QUERER SABER SOBRE MIM ANTES DE GASTAR O SEU TEMPO COM ESTE LIVRO

NOME: Scarlett Jane Chubb

IDADE: 15 anos e dois meses

ALTURA: Um metro e setenta e pouco e ainda crescendo (soluço-soluço).

PESO: mais ou menos 50 kg (com todas as minhas roupas e com botas Dr. Martens reforçadas com ferro).

CABELOS: Cor-de-Burro-Quando-Foge-Escuro. Longo, liso, parece que me derrubaram uma tigela de espaguete integral na cabeça.

APELIDOS: Concorde (meu Nariz...), Gordinha (!!), Tomada (dos quadrinhos *The Bash St. Kids*, É CLARO). A GALERA me chama de Letty.

Minha família inteira tem o cabelo ruivo-escarlate, menos eu. Muita gente diz que os ruivos são Malucos. Como eu sou a única Cor-de-Burro-Quando-Foge-Escuro e eles me deram o nome de Scarlett, está tudo explicado.

Chamar Scarlett é uma Cruz que eu tenho que Carregar para o resto da vida. Minha Vó-Rica era louca por um filme chamado *E o Vento Levou...*, que não é uma propaganda de bicarbonato de sódio mas um Clássico do Cinema superfamoso sobre uma perua manhosa chamada Scarlett O'Hara que levava os homens com rédea curta.

Meu irmão maior acabou se chamando Ashley (eca...) e a gente fez CAMPANHA para não deixar minha mãe chamar o meu irmão menor de Rhett (ó humilhação).

Eu vou ser uma Diretora de Cinema internacionalmente conhecida. Eu sou super-magrela e como SUCRILHOS, mas não adianta nada. Eu não tenho nenhum estímulo, porque todas as minhas amigas fazem regime.

Meus maiores interesses são Filmes, Arte, Poesia, Fotografia e Cavalos. E, ultimamente, Meninos. Ou melhor, Menino. Só existe um para mim, e se eu não puder tê-lo talvez eu vire freira, em vez de Diretora de Cinema.

Em geral eu gosto mais de cavalos do que de meninos. Os cavalos têm olhos mais simpáticos e são mais inteligentes. Eu fiz a besteira de dizer isso a um dos meus amigos horrorosos e ele disse que é porque os cavalos têm o pau maior, o que te dá uma amostra do tipo de gente com quem eu tenho que andar para evitar ser Uma Mulher Só.

Eu sempre ando corcunda e uso sapato baixo. Minha forma de poste me diz que nunca estarei batendo na altura do coração de um homem e poderei levantar os olhos para ele em sinal de adoração, mas estes são os Anos Noventa e QUEM SE IMPORTA? (Eu.)

Uma rápida palavrinha sobre os outros habitantes da minha vida e obra:

IRMÃO 1

NOME: Ashley Michael Chubb

IDADE: 18

Alto, magro, cabelos ruivos acastanhados, exagero de bonito, absurdo de inteligente (uóo), Bolsa para Oxford (Cérebro-e-Beleza, inveja, lamúrias). Planos de ser médico e ajudar os pobres, se algum ainda estiver vivo quando ele se formar. Ha! Bom demais para ser verdade, e tal e coisa, grrrr. Tem um fluxo constante de meninas lá fora, tomando banho de lua por causa dele. O Vô Gosling pagou seus estudos, mas os Tempos Difíceis vieram antes que chegasse a minha vez. O que eu quero dizer é que se a Escola Pública é boa o suficiente para 97% do Futuro da Nação, é boa o suficiente para mim.

IRMÃO 2

Ainda bem que ele acha que o nome veio de Clark Kent, e não de Clark Gable Ha! Ha!

NOME: Benjamin Clark Chubb (Benjy)

IDADE: 5

Parece uma maçã sorridente com sardas e é, lógico, o xodó de todo mundo (ahh BENÇÃO!). Eu FINJO que não gosto dele, porque não é LEGAL ser coruja com o irmão menor. Currú-Currú. Benjy foi o que se chama um "engano". Meu pai fugiu com uma trapezista quando eu tinha 10 anos, voltou três semanas depois para "acertar as contas" com a minha mãe e tchans! lá veio o Benjy. Minha mãe gosta de lembrá-lo disso umas duas ou três vezes por semana (não o Benjy, o meu pai). Ela nunca mencionou isso para o Benjy porque fica encanadíssima de que o Benjy iria gostar mais de ter uma mãe trapezista do que alguém que fica resmungando por ter que subir a escada até o banheiro. Benjy liberou a criança dentro de mim, o que é superimportante segundo um grande comediante inglês.

MÃE

NOME: Alice Constance Gosling

IDADE: Quarenta e poucos

HISTÓRICO: Podre de rica e esnobe por causa disso. Pessoas metidas e podres de ricas são diferentes, isto é, fazem coisas loucas e acabam na revista *Harpers and Queen*, enquanto todos os outros que fazem coisas loucas acabam em cana. (Eles ficam até tarde VADIANDO e fazem barbaridades com criancinhas, e isto é chamado Chocar a Comunidade). Ser rico quer dizer que você pode ser super-mal-humorado e grosso, porque você não tem que lamber o você-sabe-o-quê de ninguém, pessoas Super-ricas evitam o contato com os humanos e em vez disso eles passam a maior parte do tempo com animais. Se alguma socialização com pessoas que Não São Como Eles (comerciantes, crianças, e tal) tiver que ser feita eles pagam escravos para fazer por eles.

Ergo (isto é Latim e mostra o tipo de conhecimentos gerais da minha Mente privilegiada), minha mãe foi criada por uma Babá de UNIFORME, e raramente via seus pais. A julgar pela Mãe dela, isso talvez tenha sido uma sorte. Ela tinha seu próprio pônei e por volta de oito mil cachorros (inveja, inveja). Ela nunca aprendeu a cozinhar nem nada, e sente falta daquelas máquinas que nunca reclamam e aspiram pó, chamadas Faxineiras, assim ela está sempre reclamando da gente por causa da arrumação. Ela mesma é super-ordeira, porque se alguma coisa está fora de lugar o esforço que ela tem que fazer para achar vai deixá-la esgotada.

Só que agora ela teve que arrumar um EMPREGO (na Biblioteca Infantil) e, *ergo*, ela dificilmente se lembra de ir ao supermercado.

(A trapezista parece que era muito boa no velho espaguete à bolonhesa, o que é uma ferida ainda mais dolorosa para minha mãe do que o corpete de lantejoulas.) Para compensar, ela pinta bem (tendo sacrificado sua carreira artística no altar da maternidade, Etc. Etc., cain, cain, buáá) e preferiria pintar a ficar zanzando na cozinha se queimando toda e pondo couve de molho. É claro que eu a apóio nisso. O lugar das mulheres é o Mundo, é o que eu digo. Só que eu preciso comer, já que eu sou que nem um saco sem fundo, então existe um conflito. Aargh, tique, trec, essas coisas.

PAI

NOME: Leonard Anthony Chubb
IDADE: Cinqüenta e poucos
HISTÓRICO: Coroinha. Mãe faxineira, pai pedreiro.
Meu pai é um Escritor com E maiúsculo, e portanto passa muito tempo fazendo Pesquisa, isto é, enchendo a casa com milhões de jornais e revistas e constituindo a Maior-Encanação-de-Risco-de-Incêndio. Ele deu um chega-pra-lá na minha Mãe (desmaios) assim que terminou de escrever sua primeira história, *SUBINDO NA VIDA*, sobre um garoto pobre do interior que "se faz" em Londres, mas enfrenta Problemas com a Sociedade e é Rejeitado por seus Colegas. Essas coisas, cain, cain. Supertriste.

Ele ganhou prêmios literários, era o bãbãbã de Londres e tem vivido fora do auê desde então; agora está meio mofado. Isso já faz 22 anos. Mas ele escreve muitos artigos (tipo Faça-Você-Mesmo) para revistas e jornais. Ele é supercomunista. Sua única Encanação é quanto a sua próxima história. Quando estiver pronta, ele diz, nós vamos morar numa mansão com piscina e vamos ser a esquerda festiva convidando os pobres para aulas de escrita criativa.

BICHOS

HORACE: O ratinho do Benjy. É preciso um grande estoque de papel higiênico. Tarefa da Vó Chubb. Fica andando numa roda o dia inteiro.
ROVER: Minha gata. Eu tenho ela desde antes de saber que eu era

alérgica. Ela está velha e não muito bem de saúde, mas ainda consegue abrir a geladeira, então o Meu Pai faz barricadas com tijolos e nenhum de nós consegue abrir além dele, o que não faz mal, porque nunca tem nada mesmo, só latinhas de cerveja ou coisa que o valha. Ha! A Rover dorme na minha cama, o que é uma das razões de eu ficar fungando o tempo todo.

GALERA

MELHOR AMIGA: Hazel Williams

Quase dezesseis e Superlinda. Faz a Michelle Pfeiffer parecer o Jim Carrey. Os meninos já perceberam, ai, cain, cain. Nós somos as melhores amigas uma da outra desde o Primário, quando a gente só brincava com cavalinhos de brinquedo, mas eu acho que talvez a gente vá crescer mesmo separadas (soluço soluço) porque os pais dela a tiraram da Minha Escola e puseram no St. Mary's Academy que custa os olhos da cara mas que eles acham que vai livrá-la das garras dos Meninos, aquelas Máquinas de Sexo do Inferno.

OUTRA MELHOR AMIGA: Aggy Parsons

Quinze anos e gorda. Ela está na minha classe. Também é míope e odeia seus óculos, entao a sua única ambição é juntar dinheiro para

Meu Querido Pai
("trabalhando"
hó!ho!)
Minha Querida Mãe
(decidindo se Toulouse
Lautrec compreendeu
ou não a mulher)
Horace
(dando umas
voltas)
Acidente
(esperando p/
acontecer)
OLAR dos CHUBB

O Nobre Ashley
(viajando com Coisas Elevadas)
POEMAS
Moi
(atrasada p/ a escola)
Pulgas
Rover
(fazendo Chantagem Emocional)
Benjy (aaah anjinho da mamãe)
(fazendo teste de estrada com carrinhos)
ALVEJAN
ALVEJAN
LVEJAN

comprar uma lente de contato para fazer par com a outra que ela achou no chão do banheiro do serviço de previdência.

O pai dela é Negro e a mãe (de Quem Nunca Falamos) era Branca e fugiu com o carteiro. Eu sempre tento falar com ela da opressão de Ser Negro numa Sociedade Racista, mas ela se interessa mais por Física. Sempre fazendo regime, porém MUITO inteligente e quer ser cientista. Faz aula de Fotografia comigo às Quintas, culpa os óculos por nunca ter beijado um menino e é super-hiper-encanada com isso. De vez em quando, recebe cartas da Mãe dela (provavelmente o correio é de graça).

NAMORADOS

Daniel Hope

Daniel tem dezessete anos. Ele é alto e lindo de morrer, uma mistura de Brad Pitt, Leonardo di Caprio e o Super-Homem, mas com o cabelo cor de areia molhada no pôr-do-sol e olhos cor daquele chocolatinho tipo Confeti (não, não os vermelhos, os azuis, desmaio). Eu estou perdidamente apaixonada por ele há três meses, duas semanas e quatro dias. Ele estuda com o irmão da Hazel. É um internato muito-super-hiper-chique, mas ele Não É Assim. Ele entende a luta dos trabalhadores comuns feito eu. Ele leu *Subindo na vida* quando tinha 13 anos e acha o meu pai o máximo. Eu nunca conheci mais ninguém com menos de 40 que tenha lido. Eu também tenho que admitir que nada de natureza carnal aconteceu entre o Daniel e mim, mas eu já não me interesso tanto por cavalos desde o nosso Histórico Encontro. Ele perguntou pra Hazel se eu iria na Festa de 16 anos dela, e eu sinto que alguma coisa está para acontecer logo entre nós.

Brian Bolt

Brian, conhecido como o Brilhante, é desengonçado com pernas que parecem de arame e, melhor dizendo, uma cara sardenta que já está ficando mais limpa, eu espero. Eu até gosto dele, mas Não Sai Nenhuma Faísca e eu tenho medo que ele goste mais de mim do que eu dele. Junho passado eu ganhei um cartão de dia dos namorados tão grande que o carteiro teve que deixar com um vizinho. E estava assinado: 100 Nome. Com aquela caligrafia de convite de casamento do Brian. (EMBARAÇO.) Eu estou dando duro para fazer ele ficar com a Aggy. Minha alma está Comprometida Em Outro Lugar.

AVÓS

Vó Gosling
Mãe da minha mãe. Fala que nem o discurso de Natal da Rainha Elisabeth. Eu chamava ela de Amígdalas de Candelabro, mas depois ela operou a garganta por Algum Motivo Grave e eu considerei aquilo de mau gosto. Ela se comunica com a minha mãe através de três cartas ilegíveis por semana sobre a Queda no padrão de vida. Mas ela só manda sempre presentes superpequenos. Ela está numa coisa chamada "regime de contenção".

Vó Chubb
Mãe do meu pai. Foi faxineira durante 52 anos. Velhos hábitos não morrem nunca, e assim o seu prato pode sumir entre uma garfada e outra se você não o segurar com a outra mão. Limpa as próprias janelas duas vezes por dia, e assim os vizinhos pensam que ela os está espionando. No mais, sadia e Supersimpática. Não considera a minha mãe uma Boa Dona de Casa (tsc... etc e tal).

Avôs
Infelizmente não estão mais com a gente.

NOTA

Antes de começar, eu preciso apontar para uma pequena EXCENTRICIDADE que eu tenho. Eu não sou capaz de escrever ou dizer uma certa palavra. É uma palavra sobre morrer e rima com "sorte". Eu sempre uso "banana", em vez dela.

Uma vez que eu não posso dominar isso, é bom que você saiba do que se trata. Senão você não vai saber do que é que eu estou falando. Eu vou evitar o máximo que der.

A Rover não tem a menor noção do que sejam Catástrofes Iminentes

CAPÍTULO UM (Letra A)

Agosto. Duas semanas Para A Festa Da Hazel... (luuupiiii — tremendo). Duas semanas e dois dias para a volta às aulas (gemido — grrr).

Eu ando gastando mais tempo do que o normal com a minha aparência e depois fico rondando pelas lojas para o caso de cruzar com o Daniel, mas até agora eu não tive sorte (soluço). Aggy e eu inscrevemos nossas fotos para um concurso de jornal — primeiro lugar, uma câmera automática e um dia com o badalado fotógrafo Hendon Snap. Yahoo! Figas. Mas eu estou encanada que o coração-zinho meigo da Aggy fique estraçalhado se eu ganhar. Eu temo que ela não tenha NENHUMA CHANCE, porque ela mandou uma monta-gem maluca da sua própria cabeça superposta a um diagrama de rotas de colisão de neutrinos, ou coisa que o valha. Eu não vejo como ela pode competir com as minhas fotos comoventes do Destino da Humanidade: a Vó Chubb, dormindo com uma garrafa de cerveja na mão e a dentadura pra fora.

Eu andei procurando um sutiã com enchimento. Eu sei que é uma coisa idiota, mas estou ficando neuras com a festa da Hazel (ti-que, treme-treme). Também Encanadíssima com a Vó Chubb (gripe) e a Rover (gripe de gato). Dei pra Vó Chubb uma lata de comida pra gato por engano, mas ela disse que é melhor do que o que normal-mente dão pra ela comer. Eu queria ter feito uma foto dela comen-do aquilo para colocar no meu portfolio sobre o Destino da Huma-nidade. Ashley foi para Oxford e a minha mãe está bufando porque o teto da cozinha caiu. Meu pai ainda não trocou o forro, porque isso deu a ele uma idéia para escrever um artigo sobre os fungos (ou seriam os frisos decorados?) e ele anda fazendo pesquisa no local. Ela achou que ele podia ter escolhido um dos quartos, mas estão todos entupidos de jornais.

Agora eu dou início ao meu A a Z da Encanação, rufem os tam-bores, treme, tique, etc.

ACNE

Uma das MAIORES Encanações da Juventude e acertadamente a Encanação Número Um deste Alfabeto. Esta é a pior forma daquelas excrescências também conhecidas como Perebas, Espinhas, Bexigas, Vulcões, essas coisas. O único remédio para elas é envelhecer, coisa que você não pode evitar (esperança não falta).

Meu pai teve Acne de Verdade, e apesar de sua cara ser um Mapa Hidráulico de veias rompidas, cortes de navalha, rugas, pés-de-galinha, restos de barba e creme branco, não há uma só ESPINHA à vista. Pois ENTÃO. Ervas chinesas são a última novidade na cura do Grande A, atazane seu médico. Medique seu Atazanador também, para se convencer de que você é Uma Pessoa Que Vale A Pena (Ha!).

MENINOS se dão pior com as espinhas

Eu vou tratar de perebas aqui, porque você tem que tratar delas antes que elas tratem de você. Eu pego muita pereba. Elas sempre me aparecem antes de uma festa, ou de um encontro. (Veja também HERPES). Aquelas na ponta do nariz são as piores. Se elas brotam na ponta de um nariz pequeno, parecem no espelho como se um míssil Exocet tivesse sido lançado por dentro da sua narina e saído deixan-

A Bolha Assassina:
Como você acha que está

A Bolha Assassina:
Como os outros estão vendo

do um buraco na sua napa. Se elas aparecem num nariz grande, então aquela napa e a pereba se juntam para fazer um perfeito Gigante Alienígena Vermelho, que parece ter acabado de pousar na sua cara e está prestes a Comer a Sua Cabeça. De qualquer modo, elas parecem pior mesmo é para a Vítima, porque as outras pessoas são encanadas demais com a própria aparência para encanarem com você.

DICA: NUNCA trate de uma pereba, espinha, ferida ou casquinha cobrindo com um curativo. Um menino uma vez me convidou pra sair e ele estava com um furúnculo do tamanho do Vesúvio no nariz, com um pequeno curativo redondo pendurado, balançando na ponta. Parecia que o nariz estava de chapéu para se proteger do sol, mas que já não adiantava mais. Mas eu ainda suponho que, se eu gostasse dele, teria dito Sim.

NOTA: O Dicionário de Citações do meu pai só tem UMA sobre isso. "Fora, fora, marca maldita", de Shakespeare. O que prova que o Príncipe Charles estava certo quando disse que o Velho Bardo é Relevante para nós Adolescentes de Hoje em Dia.

ÁGUA

Há vinte anos, conta a minha mãe, quando você ia para o Exterior, você Nunca Bebia a Água do lugar. Agora, no Exterior é o único lu-

Uma Encanada na Idade da Pedra

gar onde a Classe Média bebe água. No seu próprio quintal, eles usam filtros ou bebem engarrafada. E também não é mais De Graça. É uma tragédia que as Pessoas Jovens tipo *Moi*, que nunca fizeram xixi no mar, tenham que acrescentar mais uma Encanação para a sempre crescente Lista de Angústias do Século Vinte.

PAREM COM ESSA CARNIFICINA DA ÁGUA JÁ!

Num caso Super Raro de autocontrole sobre a minha Encanação, estou abolindo da minha vida a Super Cara e Idiota Água Mineral. Se todo mundo MORRER por envenenamento da água o Governo vai Super Se Lamentar, mas pelo menos assim eles vão limpar a água. Beba direto da TORNEIRA, mesmo que você Seja Classe Média. É a BASE DA VIDA (ou são os *donuts*..?) Se eu consigo, você consegue (urgh). Talvez eu dê uma fervidinha rápida primeiro.

AIDS

É impressionante como tem pouca gente que realmente fica Encanada com a AIDS. A AIDS te mata, ela se espalha, e você pega com o Sexo e, embora eu saiba que sou uma Encanada Profissional, eu fico apavorada com o monte de meninas e meninos que vão por aí como se a AIDS não existisse. Especialmente sabendo que, se você usa camisinha para a Verdadeira Utilidade dela em vez de fazer bombinhas d'água que nem o Benjy, você corta um bocado o risco de pegar AIDS. Isso é que se chama SEXO MAIS SEGURO. Outras formas de Sexo Seguro incluem Beijar, Acariciar, Ficar Enrolando sem Fazer Aquilo (ufa, calor), ir pra cama com alguém para discutir Estruturalismo, ou ler um livro do Sidney Sheldon. Uma coisa que eu saquei é que é impossível você pegar o vírus HIV, que causa a AIDS, dividindo a mesma refeição o mesmo assento do banheiro (desculpa, deveria ter uma vírgula ali), dando a mão, abraçando e essas coisas. O vírus é supersuper frágil fora do corpo humano.

Meus pais eram Encanados com uma coisa chamada Doença Venérea, que significava que você tinha que vestir uma sacola na cabeça com um bigode falso pintado quando fosse pro hospital. Eu acho que Minha Mae lamenta que o Amor dos Adolescentes tenha sido prejudicado pelo aparecimento da AIDS, mas ela fica horrorizada porque ninguém que eu conheço está encanado com AIDS do jeito que ela e o Governo acham que nós deveríamos estar.

Encanar com AIDS pode fazer você ficar realmente encanado com SEXO, e às vezes eu acho que eu vou simplesmente virar Freira, ou até mesmo continuar virgem até que eles achem uma cura. Virgens estão voltando à moda outra vez, apesar de que eu mesma não gostaria de casar com um. Eu devo também ir logo dizendo que eu ainda não FIZ AQUILO, assim você sabe com quem está lidando. Hazel já é outro caso, sobre o qual eu vou falar na seção SEXO (mas não vá trapacear e ir direto pra lá sem antes ler o resto, senão você vai ficar cego).

Todo mundo *deveria* ser Encanado com a AIDS de qualquer maneira, mas a melhor coisa a fazer é pegar um bom livro sobre DST (Doenças Sexualmente Transmissíveis) na Biblioteca, que você consegue uma boa dose de Encanação e aprende a se cuidar ao mesmo tempo. O mais importante é que, embora as pessoas nem sempre se toquem disso, os meninos não pegam só dos outros meninos (Praga Gay Choque Horror Pânico Perversão Etc. Etc.) mas podem pegar das meninas e as meninas podem pegar dos meninos, o que inclui a maioria das formas de Fazer Aquilo, exceto Meninas com Meninas, que tem uma baixa cotação de AIDS. Só uma Minoria Superpequena da população acha que o último caso é a resposta para acabar com a AIDS. Eu acho que seria bem mais divertido ser Lésbica do que ser Freira, embora eu tenha certeza de que muitas Freiras Felizes discordarão.

Eu peguei um livro que dizia "A maioria dos especialistas acredita que o beijo é seguro" (????!!!!) mas, uma vez que a AIDS só passa em produtos do sangue, você teria que ter corrimentos ou cortes dentro ou ao redor da boca para que isso seja um Risco. Você iria precisar literalmente de BALDES de saliva para passar o vírus — então, a não ser que você seja um Beijador Supernojento, não precisa cuspir num copo e ficar olhando contra a luz antes de beijar alguém.

Um amigo do meu Grande Irmão Ashley morreu de AIDS no Natal passado. Ele foi muito corajoso enfrentando tudo, mas disse que se esqueceu de usar preservativos uma vez e foi o suficiente. Eu não gostei de admitir que eu ainda não tive que pedir para alguém usar. Esse menino disse que o que deixava ele furioso era quando o jornal falava das vítimas INOCENTES. Como se alguém que pegou AIDS fosse CULPADO. Eu tenho saudades dele, e lamento muito pelo seu namorado e pelos seus pais. Mas acho que ele me ajudou a encanar com isso de um jeito mais SENSATO, que é mais do que eu posso dizer sobre a maioria das coisas neste livro.

Mas eu também me liguei que até agora não existe nenhuma CURA. (Eu realmente espero que achem uma quando eu estiver Fazendo Aquilo). E que, se por azar você é viciado em alguma droga, que não compartilhe agulhas com *ninguém*, senão você Já Pegou.

Eu às vezes Encano com o Daniel como sendo o homem mais provável de Me Despertar Enquanto Mulher (vichchch...). Será que ele já fez o teste? Será que eu poderia perguntar pra ele? Suponho que seja melhor eu esperar ele me convidar pra sair primeiro, antes de começar a falar disso.

ALERGIAS

Eu espirro por volta de umas 54.000 vezes toda manhã entre Abril e Setembro. É rinite alérgica (febre do feno), causada por pólen. Isso é um Grande Problema, especialmente quando você está se movendo Iluminada em direção ao Seu Verdadeiro Amor e então manda ele pro espaço com uma salva de meleca de nariz, restos de sanduíche de queijo, obturações, Etc.

Uma das piadas favoritas do meu pai é dizer "O seu nariz corre e o seu pé é que cheira? Então você foi feita de ponta cabeça". Ha. ha. Ainda bem que ele não está apostando num Rertorno como Escritor Cômico.

Tem uma porção de coisas que você pode tomar para rinite alérgica e a maioria delas manda você dormir, o que é uma desculpa superboa para evitar tomar banho, provas finais, etc. etc.

Mas se você é uma pessoa do tipo alérgico, tem um monte de outras coisas com que ficar Encanado. Eu fiz testes para ver se te-

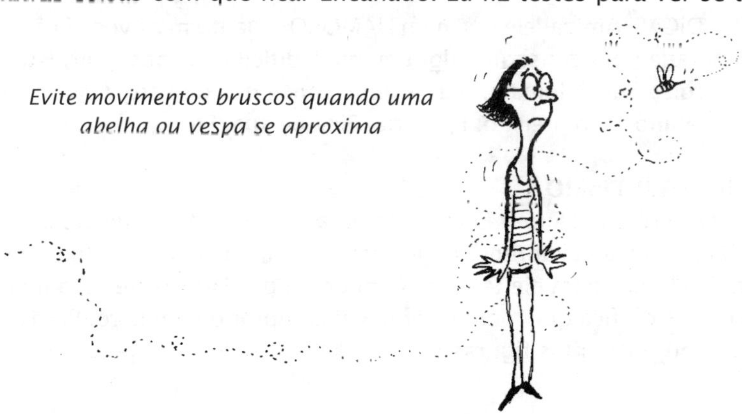

Evite movimentos bruscos quando uma abelha ou vespa se aproxima

nho alergia a COISAS QUE AMEAÇAM A VIDA: abelhas, vespas, ácaros, pólen, cães, gatos, cavalos (só uma Superleve, felizmente) e mais umas dez outras coisas que eu esqueci.

NOTA: Shakespeare de novo: "Onde a abelha suga, eu também". Pense melhor, Príncipe de Gales.

AMIGOS (AS)

SuperEncanação quando você não tem nenhum. SuperEncanação quando você tem. Se você não tem, você fica mal numas de que Ninguém Me Ama. Se você tem você encana tanto com os Problemas deles quanto com os seus, ainda mais depois que você vê a sua M. A. (Melhor Amiga) de braço dado com a sua Pior Inimiga andando na rua. As Conselheiras Sentimentais recebem zilhões de cartas falando disso, ó uma: "Sandra é minha Melhor Amiga, mas ontem eu peguei ela na Cama com o meu Hamster. Agora nenhum dos dois fala comigo."

Eu sou SuperHiperSortuda de ter duas Amigas de Verdade que eu sei que nunca vão me deixar na mão (embora eu pretenda manter a Hazel bem longe do Daniel, e a Aggy esteja ficando meio deprê) e pelas quais eu iria até os quintos dos infernos, ida e volta, mas é claro que não de avião (ver AVIÕES).

DICAS: Amizade é que nem NAMORO, quanto mais você fica desesperada para conseguir alguém, mais difícil fica conseguir. Isto é uma coisa Super Injusta, mas alguns conselhos de Letty Chubb sobre Meninos são úteis, ó: Fica Fria. Fica na sua. Etc.

ANALFABETISMO

Alerta Vermelho! Super Encanante para a minha Mãe, que acha que o Benjy nunca vai aprender a ler palavras de quatro letras (não que ela dê chance para ele tentar). Também Super Encanante para mim, porque significa que menos gente vai comprar o meu livro. Por isso é que eu pus tantas figuras.

ANTICONCEPCIONAIS

A dica mais recente para evitar Bebês (ver, adiante) é sempre levar com você um pacote de camisinhas. A questão é: ONDE? As próprias

A Camisinha-como-Acessório-de-Moda

camisinhas sofrem de ejaculação precoce (ver ESPERMA) quando escapam do seu bolso, carteira, pochete, Etc, no momento em que você está tentando achar o dinheiro do ônibus. Estão tentando agora fazê-las parecer acessórios de moda, de maneira que logo é capaz que a gente esteja usando camisinhas penduradas na orelha.

Como você sabe, eu ainda não FIZ AQUILO, mas tenho carregado o pacotinho nos últimos quatro anos só por precaução. Eu talvez seja a única pessoa no mundo que comprou um kit de teste de gravidez (supercaro) antes mesmo da minha primeira menstruação.

E agora eu leio, para o meu PAVOR, que as camisinhas têm uma eficácia de apenas 70-80% ! Então quer dizer que se você fizer aquilo cem vezes você vai ter trinta bebês? Se você fizer 25 vezes você terá 7 bebês e meio! Se você fizer três vezes, um pouco mais que um bebê. É óbvio que a melhor coisa é fazer duas vezes e parar. Melhor ainda, sempre sempre sempre usar um espermicida, além da camisinha.

Há muita discussão no momento sobre se as adolescentes deveriam receber informação sobre anticoncepcionais sem aqueles longos sermões de alguém asqueroso falando por que é melhor esperar até os 30 ou algo assim. Se você confia e gosta do seu médico você não precisa ter problemas com isso, mas caso contrário vá se informar em algum centro especializado que te dê informação sobre anticoncepcionais. Não deixe ninguém te empurrar pra pílula sem antes checar se você não está grávida primeiro. Uma amiga da Hazel

E agora, como parte de nosso programa de Controle de Natalidade, apresentamos o tempo desta quarta-feira: ensolarada, com diafragmas ligeiros

recentemente fez aquilo que apropriadamente chamam de "sexo desprotegido" (eu antes pensava que queria dizer sexo sem os seus pais olhando) e o médico imediatamente a obrigou a tomar pílula sem consultar antes. Se ela estivesse grávida, isso seria SuperMau pro bebê.

Outros métodos são o DIU, uma coisa de cobre enrolado que tem que ser colocada pelo Doutor, e o Diafragma, que é uma barreira de borracha que você mesma pode inserir. É também chamado de A Touca mas não vá vestir na cabeça porque se o seu parceiro conseguir parar de rir o tempo suficiente para Fazer Aquilo, você pode ficar grávida. Tem também A Pílula, que você tem que lembrar de tomar todo dia; Cremes que devem ser usados junto com as Toucas e camisinhas; novos tipos de Camisinha para Garotas eu não entendo direito como são; Vasectomia que é quando o Menino tem os tubos cortados e amarrados, mas é mais para quem nunca quiser ter filhos ou já tem demais e se você estiver saindo com um Menino assim talvez você devesse reconsiderar a sua escolha.

O contraceptivo mais confiável é o Celibato, que é Não Fazer Aquilo. Eu ando atualmente trabalhando num Kit Multimídia sobre Celibato, que mostra quanta diversão meninos e meninas podem ter sem na verdade FAZER AQUILO. Eu estou fazendo uma carta para o Sr. Hesseltine (nosso diretor) propondo que isso seja incluído no Currículo Nacional.

DICA: Leve sempre um pacote de camisinhas e use-as sempre que necessário. As propagandas do Governo mostram que na Pequena Bretanha (que já foi "Grã", soluços, humilhação, decadência, Etc.) existe um alto índice de grávidas abaixo da idade, com 170 meninas em idade escolar ficando grávidas por *Semana*. (Tem gente que deve estar escondendo o jogo aqui na nossa Escola. Eu só consigo me lembrar de 3 num ano inteiro).

ATRASOS

Você alguma vez notou que quanto mais você fica Encanado, menos pontual você acaba sendo?

Um grupo de adolescentes se dando conta de que estão usando camisetas do Ursinho Rupert

Até que o Fred Maneiro faz a coisa parecer LEGAL LEGAL LEGAL

Uma pessoa desencanada flutua suavemente da cama para o banheiro, do banheiro para o café, e do café para o ônibus como se estivesse andando sobre a água.

O começo do dia de uma pessoa Encanada: Tenta jogar o despertador pela janela no primeiro toque (Encanação com o Sono da Beleza não ter sido suficiente); acorda dez minutos depois, em pânico; salta fora da cama, tropeçando no brinquedo deixado ali pelo irmão menor, volta para a cama, pé torcido e precisando de um raio X, Etc.; levanta, devido à Indiferença do Mundo; vai tropeçando até o banheiro; Encana com a língua cheia de Pelinho, o cabelo seboso, herpes soltando líquidos, Etc.; imagina se o espelho está refletindo Você Mesmo ou a vítima de um assassinato que está do lado de fora da janela; começa com Encanações fresquinhas sobre O QUE VESTIR; experimenta tudo o que tem no guarda-roupa; tira tudo de novo exceto o que está muito apertado para tirar em menos de três horas treinando numa Escola de Escapologia para Mágicos; larga tudo no chão; desce correndo para tomar café. Tarde demais.

Voe. Três vezes nossa heroína sai feito louca da casa. Três vezes ela tem que voltar. Uma para checar se a vítima de assassinato ainda está ali no espelho do banheiro; uma porque ela percebe que está vestindo uma camiseta do Ursinho Rupert; outra porque ela esqueceu o livro de Matemática. Ela desembesta até o ponto do ônibus, diminui um pouco numa tentativa de não pisar nas risquinhas do calçamento (ver MANIAS), e não se surpreende ao ver três dos seus ônibus nº 9 enfileirados no ponto. Será que um deles vai esperar por ela? Ela vasculha os bolsos em busca de seu pé de coelho da sorte, mas não está em nenhum deles. Não está nem na mala. Tragédia!

DICAS: Não vá voltar atrás por causa do pé de coelho, tente se lembrar de que você é um ser humano racional com Vontade Própria. Tente perder essa mania de sair para algum lugar quando você já deveria estar chegando lá. Lembre-se da Perversidade desse Mundo Cruel, que joga obstáculos no caminho de qualquer Pessoa Atrasada para tornar as coisas piores ainda.

NOTA: Tudo bem chegar um pouco atrasada nos Primeiros Estágios de um Relacionamento. Algumas pessoas meio esquisitas (não é o caso de *Moi*) perdem o interesse se o namorado parece muito a fim. ATENÇÃO: amantes de animais por favor saibam que o meu pé de coelho é falso. A cigana me disse que funcionava mesmo assim.

AVIÕES

Encanação das Grandes. EU SEI que menos gente por quilômetro quadrado, Etc, hoje em dia morre em aviões, mas mesmo quando eu for SuperFamosa eu só vou viajar de barco ou de trem. Uma vez que eles estão fazendo Impressionantes Avanços em pesquisas sobre a Natureza da Matéria e tal, eu não sei por que eles não aplicam essas coisas nos transportes, de modo que a gente pudesse se mandar de fax para uma Ilha do Mediterrâneo e saltar direto do pacote para a praia num atraente tomara-que-caia, nada de se trocar atrás de uma toalha ou coisas do gênero, e nem pensar em Aviões.

AVÓS

Eu só tenho mais duas avós e fico superencanada com uma delas. A Vó Chubb tricota uns casacos horríveis, fica tentando me escovar o cabelo (Ó Não!), ela ainda me manda meias brancas (Duplo Ó Não!), ainda acha que a TV é coisa do Demônio, ainda serve mais comida para Meninos do que para Meninas, ainda fica brava se eu não ponho um vestido no dia de Natal... e ainda. E ainda. A Vó Chubb ainda me manda bichinhos de pelúcia (É SIM! EU GOSTO!), ainda me faz café da manhã quando eu durmo lá e só saio no dia seguinte, ainda presta atenção em tudo o que as pessoas dizem e só se choca com as aparências. O que realmente me deixa Encanada com a Vó Chubb é como eu vou sentir a falta dela quando ela se livrar dessa Carcaça Mortal, o que quer que isso signifique. Eu choro só de pensar nisso.

Eu admito que não Encano na mesma medida com a Vó Gosling, cujos discursos sobre a Situação do País fariam Hitler parecer uma criancinha.

DICAS: Você também pode ser legal com os seus Avós, porque se você tem a minha idade eles provavelmente não vão ficar por aqui por mais muito tempo (soluço). E não é só isso, se encorajados eles vêm com umas histórias Super Interessantes sobre o passado (isto é História Oral e normalmente é muito mais emocionante do que você tem nos livros) e pode ser que eles te digam como foi ter que viver semanas com um prato de vermes cozidos Etc.

CAPÍTULO DOIS (Letra B)

(Uma semana para a Festa da Hazel (tique, calafrio))

Nós estamos comendo pó de argamassa em cada refeição. Eu estou ficando com HERPES (ver, a seguir) no lábio superior, e passando baldes de mercurocromo (argh). Minha mãe encontrou o remédio e achou que fosse alguma droga disfarçada. Como a Minha Única Mãe No Mundo pôde PENSAR tal coisa?!

Eu ando Superamiguinha do Meu Pai porque só agora é que eu estou entendendo como é solitária a vida de um escritor. Eu não encontrei um sutiã decente para mim (ver SUTIÃ) e sinto que um poema sobre esse assunto vem por aí.

Benjy pegou catapora. Minha mãe diz que eu já tive, mas eu estou usando um cachecol cobrindo a boca só por precaução. Se eu pegar catapora antes da festa eu MORRO. Fui andar a cavalo (pagamento por dez horas limpando o estábulo) mas o cavalo me lembrou o Daniel. Cantei "Amigo de Quatro Patas" pra ele e ele me jogou em cima duma cerca. Espero que isso não seja um MAU SINAL. E vamos em FREEEEEENTE que atrás vem gente!

BANHOS

Duas encanações básicas:

1) Você toma o suficiente?

2) Você gostaria que seus amigos vissem o seu Banheiro?

Meu pai vive desligando o aquecedor para economizar e diz que ia aos banheiros públicos uma vez por semana, quando muito. Ele acha que uma rápida lavada com gelo em pedaços e uma esfregação com um porco-espinho morto te deixa mais esperto. Eu prefiro me afundar na banheira e ficar bem ENRUGADA. Eu vou parar quando eu tiver 20 e só espero não chegar lá com a pele parecendo uma tartaruga.

BEBÊS 

Me impressiona nos dias de hoje quantas meninas parecem obcecadas em ter bebês. A Lisa, do Último Ano, teve um para ganhar um apartamento do governo. Mas ela acabou mesmo num horrível Quarto com Café da Manhã, e ela disse que entendeu por que eles dão esse nome: quem sai antes deixa o café da manhã espalhado pelo quarto, e normalmente só os restos (eca, ugh, Etc Etc).

Mas ainda assim, você tem que se acostumar com esse tipo de ambiente, porque os bebês também deixam um bocado dessas coisas espalhadas pelos lugares. Pessoalmente, os bebês são muito vomitadores e fedidos e moles e úmidos e barulhentos demais para o meu gosto. Embora eu abra uma exceção para o Benjy (aaah, BENÇÃO!), que sempre foi um anjinho, fofinho, bonitinho Etc Etc. Uma das Maiores Encanações que eu tenho é como evitar ter bebês antes dos 26, e eu acho que o melhor jeito de me ASSEGURAR disso é não transar nunca. Se eu não puder me segurar até lá, então eu vou usar um diafragma, um DIU e tomar pílula, tudo isso de uma vez só. Se O Menino dos Meus Sonhos usasse camisinha também seria BOM.

Também vale a pena ter em mente que dificilmente algum menino deseja ter um bebê. "Produção independente" é uma expressão da moda agora. Mas eu já percebi que quase sempre quer dizer "mãe solteira".

O Nenê Fofurinha dos seus sonhos

... e o de Verdade

BEBIDA

Conforme nós já sabemos pelos documentários sobre os *hooligans* arrebentando bares e garçons por todo lado Etc., A Juventude Britânica não lida com a Bebida tão bem quanto poderia. E os Velhos Britânicos também não ficam atrás, como eu acabei descobrindo numa manhã quando encontrei o Meu Pai dormindo no banheiro com a cabeça na privada, e também no tribunal quando leram a sugestão que a Minha Mãe deu ao policial que a prendera por dirigir bêbada na contramão; coisa Irrepetível num Livro de Família como este.

É esse o tipo de exemplo da Geração Mais Velha que confunde os seus Descendentes. Eu devo dizer que não tenho um problema com Bebida. Eu acho que a cerveja preta que o Ashley gosta tem gosto de água suja, vinho para mim tem cheiro daquilo que a Minha Mãe usa para limpar os seus pincéis, e eu acho que cerveja amarela parece aquele líquido que você colhe para levar ao médico num tubinho de plástico. Uma vez eu tomei dois copos de uísque numa festa de Natal de um pessoal mais velho, e acabei tentando apresentar um padre a uma seringueira que tinha no jardim da casa, mas geralmente eu não penso nisso como uma grande Tentação.

A julgar pelos meus Amigos, os Meninos são mais chegados numa birita do que as Meninas, porque eles acham que encher a cara, gritar, brigar, vomitar é Coisa de Macho. Eu suponho que isso queira dizer que se trata de um Ritual de Acasalamento — então nesse caso os Meninos, acima de tudo, desejam na verdade acasalar-se com hipopótamos, gambás e outras espécies similares em vez de com Coisas Adoráveis tipo uma Menina — ou simplesmente um Ritual de Companheirismo, no qual o sinal de máximo respeito é o seu amigo espalhar o peixe que ele comeu no jantar em cima da sua Levi's 501.

DICA: Evite ficar bêbado. Além de te expor a acidentes, brigas, Decisões Que Você Lamentará, ou mesmo pelo simples fato de te deixar Exposto Demais, você perde toda a Diversão que poderia ter conversando, dançando, posando, ficando com alguém, Etc., porque você vai estar sem condições. Águas Minerais e cervejas sem álcool agora demonstram grande Atitude, enquanto Cervejas Fortes Misturadas, Batidas, Etc. são para *nerds* e devem ser evitadas, se você quiser Manter Sua Dignidade.

BEIJAR

Isso te dá uma boa idéia de que tipo de livro é esse que você está lendo, onde Beijar vem logo depois de Bebida. De qualquer modo, muita gente sem imaginação acha que tem que beber pra conseguir dar o seu Primeiro Beijo.

Eu não estou certa disso. (O meu foi há 14 meses e seis dias na última fila do cine Ritzy num filme Super Hiper Assustador). Foi com o Simon — alto, moreno e bonito e um Menino por quem eu tinha uma ATRAÇÃO extremamente forte. Esta, contudo, não sobreviveu ao fato de que ele não tirou as luvas nem o cachecol. Ele disse também para todos os seus amigos que eu era uma Oferecida e queiria-até-o-fim no próximo encontro. Eu Fui Até o ponto do ônibus com ele e tchauzinho. Hah!

Eu gostaria de poder dizer que não me arrependi disso tudo, mas eu fiquei bem encanada com essa história. Eu não tinha gostado de beijar o Simon, será que eu era uma Lésbica? Ou uma tarada por Cavalos? E sendo que eu gostei mais de beijar o Benjy e a Rover, será que eu era uma pedófila (tarada por criancinhas)? Ou uma Gatófila?

DICA: Como se Beija. Primeiro, encontre um local confortável, um onde ninguém vá te incomodar. Sentar na beirinha de um precipício de mais de 60 metros, ou ficar no meio da estrada não é uma boa, devido ao Interesse Crescente no Assunto diminuir o interesse geral em sobreviver. Abra levemente a boca (pratique na sua mão, beijar uma boca fechada é como beijar uma pedra) e comece esfregando gentilmente o lábio, sem aumentar o tesão por causa de um aumento da pressão. Então pressione um pouco mais, tentando manter o seu nariz fora do caminho do nariz dele (bem difícil no caso de *Moi*) e depois começa um levíssimo carinho de língua com língua e aí... (A EDITORA LAMENTA QUE DEVIDO À NATUREZA EXPLÍCITA DESTA PASSAGEM A MESMA TEVE DE SER RETIRADA COMO INAPROPRIADA PARA MENORES).

Em toda e qualquer noite, em todo o mundo, Adolescentes Encanados praticam beijos (nas próprias mãos...)

BÓIAS DE BRAÇO

Se você tem dez anos, e sabe nadar, você não precisa delas.

Se você tem irmãos pequenos que não sabem, você pode estar interessado em saber que uma recente pesquisa disse que muitas bóias de braço DEIXAM ESCAPAR O AR. Alguns irmãos pequenos são tão gordos que você nem consegue pôr a bóia neles, pra começo de conversa. Eu tentei pôr no Benjy quando murchava (a bóia, quer dizer, o Benjy nunca fica murcho) e depois soprar, mas o Benjy começou a ficar meio azul aí eu parei.

DICA: Sinta-se à vontade para analisar o texto acima e use de acordo com a sua relação com seus irmãos.

BOLETINS

Eu fico Super Super Super Encanada com boletins e já tentei falsificar um uma vez, mais ou menos na mesma época que eu fiz uma nota de cinco falsa. Eu sempre sou acusada de falar demais na aula e de "não desenvolver todo o meu potencial". Logo eu que me mato de estudar, sem reconhecimento.

De qualquer maneira, os meus pais são muito ocupados para se importar com essas coisas, apesar de que a minha mãe tem às vezes uns colapsos de preocupação com "Se eu vou tomar jeito", e se eu não deveria estar sendo entupida de conhecimentos numa escola chique e um absurdo de cara. Eu não acredito que ela tenha sequer LIDO o meu último boletim. Ainda bem.

BRINCOS

A Minha Mãe não me deixou furar a orelha quando eu tinha doze anos e de lá para cá eu fiquei apavorada com a AIDS. Mas experimente só encontrar um par desses de "brincos de pressão" que dê para você usar mais de meia-hora (sem anestesia local) e que além do mais não resolvam o problema da dor caindo no ralo mais próximo. E mais, tente achar um par que não tenha cara de ter sido chique na Idade da Pedra.

O Daniel tem um minúsculo elefante de ouro numa orelha (CLASSE É CLASSE, soluços). Fico imaginando se o cara da farmácia esterilizou a agulha direito, tipo deixando por três meses num vulcão em atividade.

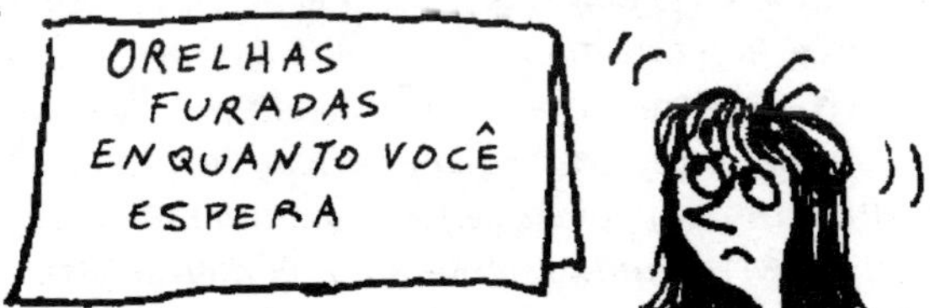

CAPÍTULO TRÊS (Letra C)

(Andando nas nuvens, exceto pela escola amanhã, calafrios. VAMOS, LEIA)

Ontem foi o melhor dia de toda a minha vida. Bem-sucedida cobertura no herpes: seis camadas de pomada ABRACADABRA PLUS e quatro camadas de base ASFALTEX tornaram a região um pouco empelotada, mas não ficou nada mal. A Aggy e eu chegamos duas horas mais cedo na festa e ajudamos a Hazel a expulsar seus pais de casa, e então mudamos os móveis de lugar, escondemos a gelatina que a mãe dela tinha feito e FICAMOS ESPERANDO. Adivinhe quem chegou primeiro??? Seu cabelo tinha a cor de areia molhada no pôr-do-sol. Ele dançou com a Hazel por pura educação e com a Aggy por pura pena (Eu fiquei meio mal de ter forçado a Aggy a usar a minha camiseta de lurex para que ela ficasse mais chique, o que só a fez parecer uma salsicha) e depois ele dançou comigo. Eu estou andando nas nuvens. Ele alisou meus cabelos com os lábios! (Desmaaaaio) Nunca mais vou lavar os cabelos.

Os pais da Hazel voltaram às DEZ, aos berros. Isso mais ou menos quebrou o CLIMA. O pai dela estressou por causa do tocador de CD (só porque tinha uma fatia de presunto lá dentro, e eu pensei que os CDs tinham fama de serem resistentes a coisas como Corpos Estranhos, Raspas e Restos, Atos de Cão, etc.) e a mãe dela ficou triste de ver a gelatina na gaveta das toalhas. Eles também não ficaram muito satisfeitos com o irmão da Hazel e a Zoe Casca de Ferida, que surgiram do quarto de hóspedes com cara daquilo que eles chamam de Emoções Contraditórias, como a minha gata, a Rover, quando é pega na geladeira, ou melhor, como ela esperaria ficar se pudesse achar alguma coisa na geladeira, gemidos, lamúrias...

De volta à eletrizante ladainha do teto da cozinha e do livro que não acaba... Parece que o meu pai ficou bêbado e se esqueceu de um encontro com um novo agente. A minha mãe diz que ela não consegue pintar, preocupada desse jeito. O meu pai diz que se ela gosta tanto assim de pintar, ele vai consertar o teto e ela pode aju-

dar passando duas mãos de cal, fazendo um favor para ambos, mas isso não adiantou muito. E eu estou ligando muito pra isso? Não. Eu dancei com o meu Romeu. Eu estou na zilhonésima nuvem. Até beijei o cataporento do Benjy (aaaah MEU DEUS!) com os lábios descobertos. Eu enxagüei a boca depois com anti-séptico bucal O MATADOR, só para garantir.

CABELO

Uma rápida passada de olhos pelas páginas dessas revistas que eu leio, como *Teeny Bop*, *Smirk*, *Tru Luv* (tipo *Capricho*) já oferece um banquete de Encanações Capilares. Jovens de aparência absolutamente satisfatória são objeto de infindáveis tratamentos tipo Antes e Depois. "Nós aproveitamos o rosto oval da Shirley para criar um estilo que levantou um pouco a testa (urgh), deu ênfase às maçãs do rosto e minimizou o nariz forte e o queixo." Pobre Shirley, acabou parecendo quinze anos mais velha e SuperIncomodada na sofisticada foto do Depois. Antes, você passava por ela e nem notava, agora você sairia correndo.

Antes

Depois

Eu escrevi 15 vezes para uma dessas revistas para perguntar se eu poderia ser modelo para um novo penteado, mas eu acho que elas só escolhem os parentes. Eu sempre usei o cabelo comprido para esconder o pescoço. Se eu usasse curto eu iria parecer uma girafa com uma cabeça de porquinho-da-índia.

Pelo fato de me chamar Scarlett, eu passei henna no cabelo no ano passado. É que nem cozinhar um balde de cocô de cavalo, espalhar na cabeça e ficar com isso debaixo de uma touca de papel alumínio durante três horas. Daí você fica mais umas três horas para limpar o banheiro, dar uma disfarçada nas toalhas, lixar a tinta que fica presa nos rolinhos e nas suas mãos, de modo que é trabalho para um dia inteiro, embora o efeito seja bem impressionante. A cabeleireira me contou que a hena envolve o cabelo com um tipo de película, e que não é nem um pouco saudável como se diz.

Cortes: Como aparecem na Smirk

A Aggy está enlouquecida porque os cabelos Afro estão fora de moda, uma vez que é tudo o que ela pode fazer no cabelo, naturalmente. O Michael Jackson tem muito que se explicar. A Hazel, é claro, tem uma cabeleira castanha e dourada, uma verdadeira cascata de seda, uma espiga de milho brilhando no sol poente. Ela põe para cima, para baixo, enrola, faz permanente, trança, coque, rabo, põe bobs e fitas e continua uma cascata de seda, uma espiga de milho, Etc. Etc. Aaaaai.

Mas eu sonho com cabelos cor de areia molhada...

Os mesmos cortes como ficam nas Adolescentes Encanadas

CALVÍCIE
Garotos Encanam um bocado com isso. É tanta Encanação pra eles, que decidiram que se por acaso ficarem carecas isso vai querer dizer que eles são mais MACHOS, para compensar. Meninos desde os doze inspecionam seus fios de cabelo e olham deprimidos para o jeito que seus pais penteiam os dois ou três fios solitários que saem de detrás da orelha direita pra cima da sobrancelha esquerda e depois grudam com gel misturado com cola de papel de parede.

DICA: Não desperdice o dinheiro dos BICOS que você faz no sábado com restaurações de cabelo. E lembre-se de que Yul Brynner e Kojak foram SuperBem-sucedidos.

CARNÍVOROS
Criaturas que enfiam animais mortos através de buracos em suas cabeças. Muitos deles inclusive se proclamam seres humanos. Eu ando pensando em virar vegetariana.

CASAMENTOS
Já viu um gafanhoto de vestido de tule? Eu nunca nunca nunca mais vou ser Dama de Honra. E a minha experiência é um Super Mau Presságio para o Meu próprio Casamento, se é que algum dia eu serei louca o suficiente de Sucumbir a uma Proposta (talvez seja uma boa correr o risco). Eu confesso que às vezes eu tenho a intuição de que eu bem que gostaria se os meus próprios pais tivessem feito a Graça Divina de terem se Casado. É Super Careta da minha parte, eu sei, mas nós Encanados somos assim mesmo. O lado Bom é: eles não podem se divorciar. Hah!

DICAS: Se você Encana que nunca vai Subir ao Altar com a Pessoa dos seus Sonhos, pense em quanta Gente deu para trás na última hora. Muitas vezes eu acho que as pessoas deveriam dizer: "Aceito?" em vez de "Aceito." e um dos meus primeiros Filmes Experimentais Super Importantes será uma Seqüência de Casamento passada de trás para frente com um Comentário Super Sério e Profundo.

Além disso casamentos custam Uma Grana. Com ela, você poderia ter várias Luas-de-Mel (com vários parceiros, hah!). Ou dar a bolada para instituições de caridade (culpa, punição).

Eu nunca, mas nunca mais mesmo vou ser dama de honra de novo

CASPA
Definição do Dicionário: "Pele morta em pequenas escamas entre os cabelos. Esfoliação". Minha definição: "Pedaços de pele morta em montes de pedaços escamosos que caem feito neve no seu prato, carteira da escola, nariz do seu objeto-de-desejo, Etc.". Superencanação.

Guarde a sua caspa para deliciar o seu irmão com uma tempestade de neve feita em casa

DICAS: Vista roupas bem claras. Mantenha a cabeça imóvel o tempo todo.

Não escove o cabelo em público sem antes usar um megafone alertando e evacuando a área, e não se coce.

CHAVES
Nós Jovens estamos sempre perdendo as Chaves, porque a gente leva uma Vida tão ativa e cheia de Surpresas, como quando a gente vê o Menino/Menina dos Nossos Sonhos bem quando está abrindo a porta da frente e se esquece de tudo, inclusive que a chave ficou na fechadura.

DICA: Se você perde as suas chaves, mude a fechadura para evitar encanar com assaltos ou intrusos. Um chaveiro Super Enorme com bip luminoso pode ser um delicioso acessório de moda (acredite nisso e você será capaz de acreditar em qualquer coisa).

CLIMA

O único mês que eu acho bom é Setembro. Normalmente ainda está bem Quente mas não muito calorento e é depois da temporada da minha Alergia. E uma ou duas folhinhas verdes ainda continuam alegremente se balançando. Eu tusso e espirro o Inverno inteiro por causa do frio, e o Verão inteiro eu tusso e espirro por causa das minhas alergias. A minha mãe fica o tempo todo me enchendo para eu me agasalhar e ficar bem quentinha e seca, mas até mesmo uma praga Super Encanada e que parece um Poste que nem *Moi* prefere MORRER a ter que usar guarda-chuva nessa idade. O mesmo vale para chapéus de chuva, capas, Etc. E o chapéu de Boneco de Neve com pompons que a Vó Chubb fez para mim, apesar de Super Fofinho, é uma coisa que eu só pegaria para deixar lá na soleira da porta dela após uma checagem estilo agente secreto para ter certeza de que não fui seguida.

Emigrar para alguma praia prateada numa região livre de mosquitos é a única saída depois que eu ficar Super Rica e completar o meu curso "Domine-Seu-Medo-de-Avião-em-Duzentas-Lições-Fáceis", que eu acabei de encomendar pelo correio.

DICAS: Cure-se de suas Encanações com o Clima enviando para mim 50 libras mais despesas de correio para pedir a Bolha Letty Chubb de Controle do Clima. E com o dinheiro eu vou poder ter controle sobre o clima viajando para uma Ilha Ensolarada bem longe daqui. Hah!

CONSELHEIRAS SENTIMENTAIS

Dinheiro para o departamento de cachorros-mortos-a-grito.
Carta Típica:

Querida Cindy,

Estou apaixonada pelo meu professor de História. Ele tem quarenta e cinco anos, casado, quatro filhos e os olhos dele são Céus de Primavera com Tempestades À Vista perto de desfiladeiros. Ele sabe tudo o que há para se saber sobre a História do Mundo, e me convidou para ir à sua casa na sexta para conversar sobre O Iluminismo. A esposa dele, que não o compreende, está fora com as crianças. Ele diz que eu faço ele se sentir um Adolescente Outra Vez, e está só esperando o de dois anos crescer para pedir o Divórcio. Enquanto isso, você me aconselharia usar anticoncepcionais?

Sua sincera,
Patsy (14 anos e meio)

Querida Patsy,

Esqueça imediatamente esse monstro egoísta. Além do mais, você não tem idade para fazer sexo. Encontre um menino da sua idade para paquerar. Ou que tal novos interesses? Ou um bicho de estimação? Eu estou mandando junto meus folhetos sobre Novos Interesses e Filhotes.

Eu me solidarizo mais com algumas pessoas que escrevem para elas...

... do que com outras

Etc, Etc. Você mesma pode escrever essas respostas. Eu escrevi apenas duas dúzias de cartas para Conselheiras Sentimentais, o que, considerando o meu Grau de Encanação com tudo, não é muito. O problema é que Conselheiras Sentimentais não são Verdadeiramente Sensíveis sobre a sua ALMA. Se você pensar em como a Patsy realmente se sente, arranjar um novo peixinho dourado não vai Curar a Dor no Coração, não é mesmo?

Apesar de eu estar tentando largar delas, ainda fico elaborando cartas para esse tipo de serviço logo nas primeiras horas da manhã. Já faz dois meses e meio que não mando nenhuma carta, mesmo depois daquela GRANDE Encanação com os meus PEITOS, mas conto isso depois.

COSMÉTICOS

Para nós, Adolescentes Avançadas com Consciência Social de hoje em dia, cientes da ameaça do Grande Desastre Ecológico, existe agora uma vasta gama de cosméticos tipo consciência-limpa, que NÃO são testados em Coelhinhos, Etc. Mas se os coelhinhos não estão sofrendo, nós todas estamos.

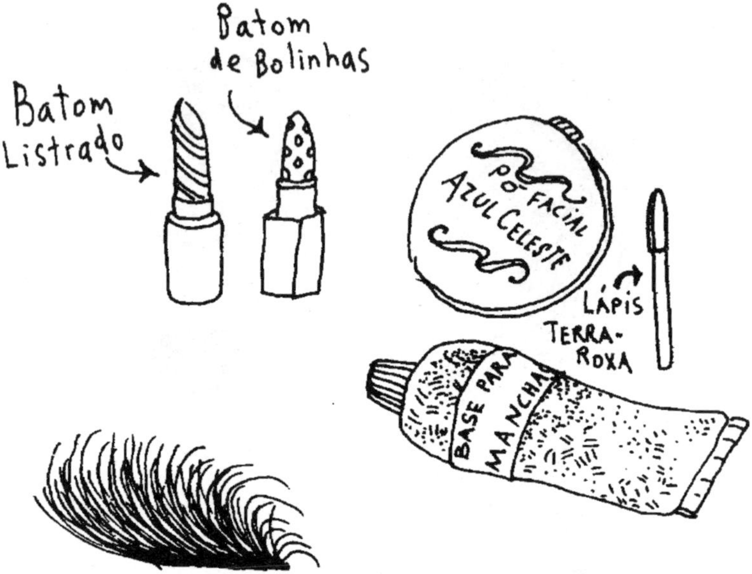

Sobrancelhas Altas

Sobrancelhas Baixas

Adolescente Encanada usando o Kit de Maquiagem Vamp de Letty Chubb

O Toque Final

As revistas trazem manchetes tipo *18 Ótimas Maneiras de Atualizar a sua Cara para o Inverno* (atualizar a sua CARA???!!). Mas mesmo quando elas falam do "Natural Look", ainda assim elas querem que você esconda todas as suas MARCAS com alguma espécie de gosma em pote. "Dramático" é uma das palavras preferidas delas, usada para aqueles batons que te deixam com cara de Morticia Addams, o que com certeza é Dramático, apesar de você depois se perguntar por que o seu Namorado começou a usar um colar de alho. Outras palavras-chave do *Look Fashion* são "Sutil", "Suave", "Bronze" e "Exagero". Mostre-me um artigo sobre maquiagem que não tenha nenhum desses adjetivos e que não use pelo menos uma vez a palavra "Natural" e você ganha um pote dos Cosméticos VAMP da Linha Letty Chubb. (Conteúdo: base verde para disfarçar veias aparentes, batom fluorescente Púrpura-com-Listras-Laranja, Cílios postiços feitos de legítimas pernas de Tarântula, peruca de Juiz, pinta falsa, e um elegante saco de pão no formato da sua cabeça com uma fita para amarrar no pescoço.)

CRIANCINHAS

Bípedes meio anões que ficam gritando que querem doce nas bancas de jornal quando você está na fila para comprar suas revistas *Smirk*, *Tru-Luv*. É muito comum o adulto de estimação desses seres dizer não, mas mais cedo ou mais tarde eles dizem "tá bom" e fica aquele silêncio por alguns segundos e o dono da banca resmunga: "Se fosse meu eu batia de cinto". Lembre-se: Criancinhas são o que aqueles Bebês fofinhos viram, Super Depressa. Cuidado.

CRÍQUETE

Este é o jogo favorito do Daniel (desmaio). Ele tem calças de flanela cor de baunilha para jogar (ui! ui!) e um taco autografado por jogadores famosos, desses que tomam drogas e são expulsos de boates por passar a mão no *barman* e esmurrar a recepcionista, ou coisa que o valha. Eu não entendo por que não existem mais meninas que se prestem a esse glorioso esporte de nobres, uma vez que ele não envolve contato físico tipo quebra-ossos e é Supercalmante de se ouvir — toca, rola, ruflar de folhas de magnólia, ondas de aplausos quando uma bola acerta certas partes do jogador, Etc. Etc. Tem só um perigo que é você ser morta pela bola, mas todos temos que partir um dia.

CAPÍTULO QUATRO (Letra D)

Escola (stress). Os trabalhos finais começam a apontar como uma miragem no horizonte, mas talvez eu não fique para receber os "As", no fim das contas. Eu estou indo para uma ilha deserta com um homem de cabelos cor-de-areia, para escrever poesia. Minha mãe está resmungando sobre o teto da cozinha e as finanças da família. Ela está desesperada com o fato de que se as coisas não melhorarem eu não vou poder fazer o segundo grau numa escola particular. Eu disse a ela que existem milhões de pessoas morrendo de fome, e que com certeza isso é mais importante do que uma formação em escola particular!!!! Mas ela se debulhou em lágrimas.

Eu acho que a gota d'água foi o Benjy ter pedido o MEGAMAXI BANANA-RAY MIKRON SUPERKILLER SPACEMOBILE de Natal. Isso custa mais de 100 dólares (57,89 libras) e ainda estamos em OUTUBRO. Ela espertamente sugeriu ao Benjy que fosse pedir ao pai este pequeno item, e o pequeno Pústula ficou surpreso ao ser informado por um homem relutantemente arrancado das profundezas do Manual de Faça-Você-Mesmo do Reader's Digest *de que a sua geração estava lendo Shakespeare nessa idade, e não apodrecendo seus cérebros com um monte de lixo velho e rançoso da Cultura Americana. Eu perguntei, como se não pudesse imaginar a razão, por que então ele tinha prestado tanta atenção nas cenas da Kim Basinger em* Batman *e ele disse como nós podíamos desperdiçar nosso tempo daquele jeito quando os Conservadores estavam adiando outra vez a eleição e negando ao Povo a Igualdade que é um direito de nascença? Ele saiu para o bar nessa altura, a minha mãe informando que se ele quisesse igualdade com os maridos que* ela *conhecia, que pensasse em providenciar algumas coisas básicas para os seus dependentes.*

Eu plano feito uma gaivota por cima de toda essa papagaiada. O Daniel volta à escola na semana que vem e nós vamos sair HOJE À NOITE.

DANÇAR

As danças hoje em dia são Superenergéticas e Idiotas, todas parecem Aulas de Aeróbica. Quando a Madonna ou o Louco do Michael Jackson dançam parece OK, mas eu tenho a coordenação de uma fantasia de cavalo, na qual a metade da frente e a de trás entram em Processo de Divórcio quando se mexem.

DICA: Não tente dançar para ficar Super-em-Forma e com a postura ereta a não ser que você tenha um dom para isso, ou você vai parecer que saiu do Muppet Show. Ao invés disso, vá deslizando Superlânguido e aparente estar guardando os seus Quadris Ondulatórios para Coisas Bem Mais Interessantes.

DANIEL

Definição do Dicionário: "Juiz soberano, pessoa de sabedoria infalível". Mas que Superhipersuper Verdade (suspiro).

DECOTES

Quando o Ashley era mais novo ele costumava ficar bem perto da TV e olhar de cima para a tela numa patética tentativa de ver por dentro dos decotes das mulheres dos seriados, Etc. Uma vez gente teve uma professora iniciante que usava um top-tomara-que-caia, e toda vez que ela se abaixava todos os Meninos se levantavam, como se estivessem numa gangorra.

Esse é o tipo de Efeito que os Decotes podem ter sobre Meninos. Alguns Meninos desejam ser vistos com Meninas vestidas desse jeito para que os seus colegas fiquem todos com Inveja, e eles ganhem a reputação de serem Malignas Máquinas Infernais do Sexo. Outros querem que as Meninas se vistam assim, mas chamam de Galinha quando elas passam. Eu acho que isso tem a ver com o fato de que os Meninos São Eternos Bebês, que querem voltar para suas Mães e se Abandonar entre as Tetas Macias da Amada, Etc. Etc. No meu caso não há o menor risco de se asfixiarem, dãrd, búúú, lamúrias, maldição.

Se você é daquelas que têm necessidade de obter esse tipo de efeito, o equipamento mais indicado são os Enchimentos (ver SUTIÃS). Se você não tiver, pode conseguir algo parecido com fita adesiva e imaginação, mas ao preço de muito analgésico, e a sua expressão de agonia pode pôr tudo a perder. As garotas *Americanas* costumavam fazer exercícios na ESCOLA aos gritos de "Nós temos, nós TEMOS, nós temos que aumentar os PEITOS". As Americanas são realmente ESTRANHAS.

Decote

Uma certa revista feminina anuncia: *"VOLUME INSTANTÂNEO — um toque de blush cuidadosamente aplicado pode fazer maravilhas! Aplique pó facial em seu peito, e então passe um pouco de blush no centro do colo até o fim do decote para uma perfeita ilusão de profundidade extra!"* Você já tentou limpar o blush de um colete de flanela xadrez? (Bem feito, quem mandou usar uma coisa dessas, Ha!) De qualquer maneira, eu estou melhorando. Este ano eu só encomendei três cremes para aumentar os seios e um desses exercitadores ergométricos, o qual eu não tive força o bastante para usar.

DICA: Aviso para Meninos: Se você quer que uma Menina goste de você, tente ficar olhando para os olhos dela um pouquinho quando vocês estiverem conversando sobre o Amor Eterno, em vez de ficar olhando fixo na altura do peito dela. Isso faz uma Menina Perder a Auto-Estima.

DENTISTA

Aproveite pra ir bastante agora porque quando você tiver dezesseis anos custará uma fortuna. Salas de espera de dentista são famosas pelas revistas da época em que você ainda tinha dente-de-leite. E eles tocam músicas terríveis tipo Simon & Garfunkel e enfiam uma britadeira no seu precioso canino antes que você consiga dizer "não, é o da ESQUERDA!". Eles continuam te perguntando coisas do tipo Qual a sua opinião sobre *O Colapso do Comunismo* ou *A Relevância Literária das Letras do MC Hammer*, enquanto a sua boca está cheia daqueles aspiradores e espatulazinhas prateadas, de modo que eu espero que eles não tirem conclusões sobre A Situação do Universo a partir do que seus pacientes dizem.

DEUS

Por algum tempo esteve Superfora de Moda acreditar em Deus, mas até na Rússia quando era proibido montes de pessoas acreditavam. No fim das contas, montes de pessoas acreditam em algum tipo de deus, mas não gostam de dizer, meio que nem ser gay. Também, as igrejas só tem graça no Natal, quando as pessoas ficam cantando hinos e tem árvores de natal, essas coisas, e fora dessa época nunca estão abertas se você só quer dar uma olhada (hoje em dia até os vitrais têm telas de arame na frente, o que mostra em que tipo de Mundo Terrível nós vivemos). A Igreja Católica e a Ortodoxa Grega são excelentes para acessórios da última moda porque eles gostam muito de enfeites, jóias, Etc. e as igrejas do pessoal das Antilhas atraem o que há de melhor em termos de chapéus.

Aposto em todos os lados. Eu rezo um bocado, como a maioria das pessoas supersticiosas, e espero que alguém esteja recebendo algumas das minhas orações.

A Flo do Sexto Ano se recusa até a dizer "Ai Meu Deus!" Ela sempre fala "Ai Minha Deusa".

Mas a verdadeira Encanação com a religião é que ela faz você pensar por que você está aqui, para onde você está indo, Etc. A maioria dos adultos parece incrivelmente desligada disso tudo, enquan-

to eu penso nisso quase tanto quanto penso em Roupas e Sexo. Eu tentei perguntar aos meus pais o que eles achavam dessas coisas mas eles dizem que Encanar com isso é um Luxo para quem tem tempo de sobra. Provavelmente então os eremitas, mendigos e aristocratas em suas horas livres ficam pensando nisso um bocado, o que vai fazer do Povo Escolhido uma bela duma mistureba.

DIABO

Superencanação em tese, enquanto encarnação do MAL. Geralmente tido como sendo parecido com Jack Nicholson em *Batman* ou *As Bruxas de Eastwick*, Etc. só que também com chifres e pés de bode, um Garfo para fazer churrasquinho de bebês, Etc. Etc. Eu ainda acho suspeitos os professores da Minha Escola que são peludos ou têm pés pequenos, por causa disso, e pior, ainda sou um pouco Encanada com o Benjy depois que eu assisti no vídeo *A Profecia*, apesar de que, se o Benjy for mesmo o Diabo, ele está Superhiperbem Disfarçado. Eu sou Encanada com isso desde Superpequena, quando eu pedia para as *babysitters* tirarem os sapatos antes que os meus pais saíssem (para ver se elas tinham aquele pé de bode); e eles achavam isso super ENGRAÇADO (eles iriam rir de outro jeito se eu estivesse certa, grrrr, se eles soubessem...)

DIETAS

É uma coisa Superpreocupante o tanto de meninas que faz regime. Garotas novas vão com suas mães aos VIGILANTES DO PESO, ou coisas do gênero, onde as duas sobem naquelas balanças, ficam naquele papo de calorias, estrelinhas douradas de prêmio e certificados. Esses lugares fazem uma grana preta com esses cardápios especiais diet, pacotes-para-microondas-com-salada-de-frango-sem-gosto, Etc. Etc. Um repórter de TV perguntou à Mãe de uma dessas garotas o que ela esperava da filha e ela disse: "Eu espero que ela se conscientize de que tem um problema com o peso e que aprenda a lidar com isso", em vez de esperar que a filha seja uma astronauta/Deusa do Amor/fiscal de corrida de cavalo/médica/manicure/mulher-bala-de-canhão num circo ou sei lá...

Existem 50 zilhões de novas dietas à venda toda semana em qualquer farmácia ou banca de jornal que você passe. Vamos encarar os fatos, se esses regimes funcionassem, ninguém seria gordo, ou seria? Algumas pessoas são gordas porque são. Mas se você realmente encana com isso, então a melhor coisa é comer três quartos de cada refeição em vez de comer tudo até o fim.

DICA: Encane bastante. Isso funciona comigo. NOTA: Fazer um bom estoque de SUCRILHOS. E tentar convencer a Aggy a vestir aquele simpático agasalho de atleta com listras verticais em vez de usar aquela sua calça fosforecente cor-de-rosa, ridícula.

A Adolescente Encanada que perdeu peso (mas não a gordura)

DÍVIDA DO TERCEIRO MUNDO

Super Super Super Hiper Encanação. Isto é o nome do que os países POBRES do mundo devem para os países RICOS do mundo (tipo nós, ingleses — eu sei, eu sei, mas você devia ver os outros). Nós e os Americanos emprestamos dinheiro para todos esses países pobres, e agora eles não conseguem mais pagar os juros. Isso quer dizer que, em vez de usarem a produção de comida deles para alimentar seu próprio povo, eles vendem para tentar pagar a gente de volta. E eles NUNCA VÃO CONSEGUIR PAGAR.

É uma coisa Super Esquisita o fato de que os bancos possam deixar alguns milionários pedirem emprestado toneladas de dinheiro e nunca pagarem de volta, enquanto dizem para pais de bebês famintos que têm que pagar ontem.

Faça um círculo na pessoa mais necessitada...

Depois que você começa a Encanar com isso, é Super Difícil justificar que você tenha Encanação com qualquer outra coisa. Assim, a melhor coisa a fazer talvez seja Encanar exclusivamente com a Dívida do Terceiro Mundo até que ela esteja PAGA.

Eu vou acabar usando o Banco de Idéias Adolescentes para fazer isso.

DIVÓRCIO

SuperSuper Encanação. Todo mundo que eu conheço que ainda vive com o pai e com a mãe (uma maioria cada vez menor) é Superencanado com isso. Pais gostam de discutir e isso deixa os Adolescentes Deprimidos. É claro que adolescentes gostam de ficar Deprimidos, o que faz com que os pais Discutam, é uma faca de dois gumes. Mas os pais também adoram se divorciar e isso deixa os adolescentes ainda mais Deprimidos. Apesar de a Mãe da Aggy já estar

com o Carteiro há um ano e meio, ela e o Pai da Aggy ainda não se divorciaram. Isso dá à Aggy um fiapo de esperança onde pendurar seus sonhos de família feliz reunida, entrega de flores de reconciliação, Essas Coisas. Mas existem montes de pessoas que sempre viveram com só um dos pais ou mesmo sem nenhum, e muitos pais de amigos meus nunca sequer se casaram. Eu devo inclusive admitir que isto me inclui, na verdade; meu pai achou que isso era tudo Lixo Burguês, Etc.

Famílias Felizes tipo Disney, de coelhinhos bonitinhos Etc., ou Papais Grandes cobertos de neve carregando cachorrinhos que eles salvaram das mãos de ursos raivosos, observando a Mamãe Vigilante

enfaixar suas patinhas sentada em frente a uma lareira estalando, trá-lá-lá, esses é que são os culpados por tudo isso. Pobres, honestos e JUNTOS! Quando nós tivermos crianças, o Daniel e eu não vamos nunca brigar na frente delas. A principal razão de eu estar fazendo este livro é conseguir ganhar rios de dinheiro e assim os meus pais não vão mais ter que encanar com as contas, etc., e talvez parem de brigar. É claro, eu prefiro eles brigando a eles longe de mim, eu admito, mas conheci uns meninos que ficaram bem mais aliviados quando os pais se separaram, por que as facas de pão voltaram a ficar dentro das gavetas. E quando eles se separam "amigavelmente" e todo mundo se vê toda hora, as coisas podem ficar bem divertidas: Duas casas onde esquecer a lição de casa, e montanhas de sentimento de Culpa (assim também você ganha mais presentes).

DICA: Se os seus pais se separarem a culpa não é sua. Se um deles tentar impedir o outro de ver você, peça ajuda. É o fim da picada impedir as crianças de ver alguém que elas querem ver.

DROGAS

Diabo, Dietas, Divórcio, seguidos de Drogas não é um modo Superanimador de terminar este capítulo, então eu aposto que todos nós ficaremos mais felizes se a gente for logo para a letra E antes que algo pior aconteça.

Quando você já tem mais de 18 anos ninguém pode te proibir de comprar bebida. Mas isso não vale para as drogas mais faladas entre a Moçada de Hoje em Dia, que são ilegais — e portanto mais uma boa razão para se tomar um Supercuidado com elas. Os Meus Pais, que geralmente não sabem nem se é Natal ou se é Páscoa, apesar disso ficam Superaflitos no caso de Drogas, e estão sempre imaginando que a minha cara vai um dia aparecer no jornal de domingo debaixo da manchete: "AS DROGAS ME TORNARAM UMA ESCRAVA SEXUAL PARA 400 CLIENTES" Etc. Uma vez eu encontrei uma foto do Meu Pai antes de formado num jornal dos Anos 60, sentado pelado num campo com um Grande Sorriso Alucinado (GSA) no rosto, cercado de um bando de Garotas (vestindo apenas o GSA no rosto e só) fazendo colares com margaridas. A manchete era "DROGAS TRANSFORMAM LUXO EM LIXO".

O Meu Pai e a Minha Mãe não ficam fingindo que nunca fumaram maconha (nem os candidatos à presidência Americanos, nem os arcebispos escondem mais isso), mas dizem que foi uma Fase. Ainda é ilegal o porte de maconha, coisa que até os Meus Pais acham que é loucura. A Moçada gosta de fumar para fingir que, não importa o que seja, o Barato vai durar para sempre e para esquecer que existem Verdades Terríveis tipo a Minha Escola. Ninguém que eu conheço acha que essas coisas fazem de você um Viciado, mas pelo fato de ser contra a lei e Supercaro, a L. Chubb Conselhos Sentimentais Serviços Públicos Ltda. recomenda que é melhor deixar isso de lado até que você: A) Esteja Velho o suficiente para ser legalmente responsável e não um estorvo para os seus Pobres Pais, B) Seja Rico o suficiente para não se arruinar com os seus gastos.

Drogas Pesadas são coisas de Loucos Varridos. Não toque em Cocaína, Heroína, Crack ou qualquer coisa Pesada. Um menino que o Ashley conheceu era viciado — ele se transformou de Norman Normal na pessoa mais triste, mais egoísta e mais destrutiva do planeta e só endireitou depois de dar perda total no carro do Pai e de quase se matar levando outros com ele.

(Agora o "E", Quialívio. Eu só preciso te contar que a noite passada foi a melhor noite de toda a minha vida. O Daniel jurou que vai me escrever todos os dias. Nós estamos numa Paixão Selvagem. Eu devo colocar a minha alma nesta minha obra e esperar pelas Férias do meio do ano...)

CAPÍTULO CINCO (Letras EFG)

Eu não posso acreditar nisso. O Daniel não escreveu. Já faz cinco semanas. Eu escrevi uma carta por dia durante cinco dias depois da nossa noite gloriosa flutuando nos mares do Amor e agora parei.

Meu trabalho da escola está sofrível. Meu livro está sofrível. Minha pele está parecendo a superfície da lua. Semana que vem são as férias de meio de ano e eu não vou ter ninguém com quem caminhar na beira do rio. Ninguém para contar das minhas esperanças, sonhos e medos.

Fui dar um rolê com a Hazel mas foi tudo só poeira e cinzas. Ela está apaixonada por um cara mas não quis me dar NENHUM detalhe. A Aggy ganhou o concurso de fotografia, por retratar a luta do Espírito Humano em sua Redefinição no Mundo da Nova Física. Urgh. É terrível imaginar que as pessoas andam fazendo Juízos artísticos desse nível. As minhas eram fotos sérias de mendigos e prostitutas e a Vó Chubb no meio de tudo revelando de maneira comovente que no fim das contas nós somos todos uns sacos de meleca e excremento e de coisas (exceto quando estamos transportados para o plano astral do amor, que nem eu e o Daniel, é claro, ou pelo menos como eu pensei que a gente fosse, Desmaios, Encanei) e as da Aggy eram o tipo da coisa que qualquer um faz quando fica muito tempo dentro de um laboratório de revelação de fotos.

É claro que eu deveria ficar contente por ela, mas onde oh! onde é que está o lado bom da vida? Minha Mãe foi pra casa da mãe dela passar a semana até que o teto da cozinha volte. Eu estou dando uma de babá do Benjy todas as noites, inclusive fazendo a comida. Pelo menos o Benjy e a Rover me amam, eu acho.

A noite passada eu fiquei com uma síndrome de ficar rondando para ver se ninguém tinha arrombado a janela durante o dia enquanto eu não estava. Eu não fazia isso desde que eu tinha TREZE ANOS e... quando eu fui tirar os sapatos eu coloquei eles juntinhos debaixo da cama com a ponta para fora, para o caso de alguém estar dentro deles quando eu acordasse.

Superencanação com um porco-espinho que eu encontrei ontem à noite, INERTE do lado de fora da porta da cozinha. Eu preparei quatro tigelas de pão amassado com leite e pus em volta dele, pra que em qualquer direção que ele olhasse ele visse uma delas e não morresse de fome.

EJACULAÇÃO

É o orgasmo dos meninos (mais conhecido como "gozo", o que me parece ser uma palavra idiota para uma coisa que eles acham que é a Melhor Coisa Do Mundo) e a coisa que eles têm mais pavor é ter uma do tipo precoce. O Ashley contou que isso aconteceu na primeira vez que ele pegou na mão de uma menina, mas ele não disse o que é que ele colocou na mão dela. Aparentemente, o jeito para evitar que aconteça é pensar em coisas neutras tipo chapas de aço, sanduíche de mortadela, Etc., mas o Ashley diz que você tem que ficar esperto para não exagerar. Na verdade, você tem que pensar um pouco em capas de chuva, arroz-doce, revestimentos de cozinha, Etc., por um tempo, e depois pensar um pouquinho em Michelle Pfeiffer, Tina Turner, Madonna, Etc (eu estou ligada que os Garotos raramente pensam na pessoa com quem eles estão Fazendo) e depois de novo pensar em clipes de papel, sucrilhos, listas telefônicas e por aí vai.

A Mulher da esquina diz que, quanto à parte que lhe toca, quanto mais rápido eles gozam melhor, porque ela pode voltar a ler um Bom Livro. Eu aposto que o Daniel consegue ficar a noite inteira e o dia todo sem parar.

Agora, talvez eu nunca venha a saber.

ELETRÓLISE

Método pelo qual pequenas agulhas são usadas para remover pêlos indesejáveis de modo mais ou menos permanente. Eu usaria com certeza se tivesse um bigode igual ao da Vó Chubb (caso as agulhas tivessem sido completamente esterilizadas em Vulcões em Atividade, Etc.). Para não mentir, eu tenho alguns pelinhos Superdiscretos no meu peito que me deixam Superencanada. Uma das Conselheiras Sentimentais para quem eu escrevi disse que isso era Superhiper comum em meninas, e que a eletrólise era a melhor solução. No momento eu ando cortando com tesourinha, e fico imaginando até que ponto eles são Superhiper Comuns.

EMPREGOS

Aaaaaaaaargh. Uuuuuuuiiii. "Quiquié trabaio, Pai?" "Sei lá fio, pergunta pro teu vô". Essas Coisas...

O Departamento de Orientação Vocacional da Minha Escola perguntou se eu tinha pensado em seguir carreira produzindo braços e pernas artificiais. Eu contei a ela os meus planos de ser diretora de cinema. Quando ela parou de tossir e chiar com falta de ar, ela murmurou alguma coisa sobre a falta de mercado e a decadência da indústria cinematográfica nacional.

Eu vou contar essa para a minha mãe, ela me dá uma super força nessas minhas ambições, mesmo que isso seja sempre acompanhado de um discurso dizendo que ELA queria ter tido essa mesma certeza de querer ser diretora de cinema quando ELA tinha a minha idade, gemido lamúrias olhares-de-ficar-a-ver-navios-das-oportunidades-perdidas Etc.

Tem também a diferença básica entre EMPREGOS em que você trabalha por DINHEIRO RÁPIDO e CARREIRAS que você faz por uma satisfação a longo prazo e perspectivas de futuro (isto é, fazer montanhas de dinheiro — quero dizer, preencher seus Anseios Espirituais e Melhorar O Mundo, hã hã).

DICAS: Faça longas listas de OPÇÕES. Confira quais exames você vai precisar. Você vai ter pela frente inúmeros conselhos contraditórios sobre esse assunto, tire uma média. Não caia no Esquema

TRAMPOS: Qual o futuro da Juventude?

ENTREGA RA'PIDA SKate & Co. Ltd.
ZOOM

Eu pedi para você pintar a PORTA, não o PORSCHE!

da Oportunidade de Trabalho Super Mal-Pago a não ser que você ache que eles estão te ensinando alguma coisa daquilo que você quer fazer — é Muito Improvável, mas nunca se sabe — ou se você estiver ajudando uns velhinhos, o que é SuperHiper Útil e dá um brilho de satisfação do dever cumprido que é bom para a pele. Faça campanhas, escreva para o seu Deputado, Proteste, dance nua no meio da rua pelo BANCO DE IDÉIAS ADOLESCENTES (ver IDÉIAS) coisa pela qual você deveria ser superbem-paga e é uma super-mamata... ahn, ops, super-útil para a sociedade.

ENCONTROS

Aaargh. Problemas:

1) Como conseguir um encontro
2) O que vestir
3) Aonde ir
4) O que falar
5) Até que ponto chegar

6) Como conseguir um outro encontro
7) Como evitar um outro encontro

1) COMO CONSEGUIR UM ENCONTRO

Bico. Apenas convide. Você vai perceber que os meninos convidam as meninas mais do que as meninas convidam os meninos. Isso é uma coisa que está ligada a CONDICIONAMENTO e que deveria hoje ser encarada como Baboseira Sexista Ultrapassada. O Objeto do Seu Desejo dirá apenas "sim" ou "não". Porém, vale a pena lembrar que algumas famílias, especialmente das MENINAS (gemido, lamento, grrr), são SUPERSEVERAS. Então algumas garotas (quer dizer, *Moi*) só podem sair uma ou duas vezes por ano, e talvez valha a pena que continue assim.

2) O QUE VESTIR

Fique à vontade, mas se for alguém que você gosta mesmo vale a pena fazer um esforcinho. Isso descarta: capas de chuva, moletons

tipo pijama, chapéus para chuva, luvas de inverno, abrigos brilhantes e roupas de ciclista. Eu nunca na minha vida fiquei mais de três ou quatro horas me arrumando para encontrar o Daniel, e faço das tripas coração para parecer que não estou nem aí. Isto é uma arte.

3) AONDE IR?

Recomenda-se uma pequena pesquisa. Num primeiro encontro, eu não acharia uma boa dois ingressos para uma final de campeonato ou uma visita à sala das aranhas no zoológico, mas para algumas pessoas essas coisas são capazes de Incendiar Corações. Como regra, não vá passar o primeiro encontro dividindo uma garrafa de Calmante para os Nervos com os seus pais em casa.

4) O QUE DIZER?

Isso é uma coisa Supercomovente, mas saiba que tanto os meninos quanto as meninas encanam IGUALMENTE com o que dizer no primeiro encontro. Muito freqüentemente os meninos tentam sair-se bem com coisas do tipo: "Se eu dissesse, por exemplo, que você tem um belo dum corpinho você iria querer me agarrar". Outro erro bem comum é ficar na sua como quem não quer nada. Alguns grunhidos seriam suficientes se você fosse James Dean ou mesmo Sylvester Stallone ("O que é que foi, tem algum problema com o meu cérebro ou O QUÊ?") mas você vai precisar do cabelo, da estrutura óssea, dos jeans, do carro, da reputação e da grana deles para se dar bem assim.

Perguntas-para-te-conhecer-melhor do tipo "Você gosta de bordado?" são Supergracinha mas te deixam numa situação do tipo "respostas-de-uma-sílaba". Se você não conseguir pensar em nada para dizer, e também não estiver interessada no que ele está dizendo, isso quer dizer que a coisa vai mal.

5) ATÉ ONDE IR

Se você Faz Aquilo no Primeiro Encontro, é capaz que você venha a descobrir depois que o tal Menino Dos Seus Sonhos conta tudo para os amigos horrorosos dele e você talvez acabe com fama de Galinha da Escola (lamúrias, gemidos, "mas isso não é justo") enquanto ele vai ficar com fama de Garanhão, Máquina do Sexo, Essas Coisas... Eu no momento estou escrevendo uma carta para o Governo para que eles mudem essas regras, porque isso é uma Superinjustiça. Além do mais, se alguém vai Ficar Pra Titia vai ser você, e de qualquer forma você pode ter um bocado de diversão sem Fazer Aquilo, como eu já disse.

Os Meninos são literalmente Retardados quanto a isso e em geral nunca acham que a Menina pode ficar grávida se Ele Está Bêbado ou

Tira Antes ou se Ela Está Menstruada, ou se Eles Fazem De Pé. Isso tudo é um monte de Besteira.

6) COMO CONSEGUIR UM OUTRO ENCONTRO

Convide. Se foi tudo bem, ele dirá "Por que não, claro, eu adoraria", e talvez ele até fique Vermelho. Se tudo deu errado, ele vai dizer que acha que está ficando com febre amarela ou que ele se acha um cara muito problemático e horrível para Uma Pessoa Tão Simpática Como Você. Tente não lutar contra esses sinais, isto te levaria ao Mal-de-Amor e à Perdição.

7) COMO EVITAR UM OUTRO ENCONTRO

Se o seu par fez você desejar ter ficado Conhecendo Melhor A Sua Casa, ao invés de ter saído com ele, não o convide mais para sair. Agora, se ELE convidar você, diga que você está meio ocupada e que não, obrigada.

Se seguir à risca esses "faça isso, não faça aquilo", você vai ver que o método Chubb pode funcionar com você. Confesso que que eu mesma não sigo tudo à risca. Eu gostaria de, por exemplo, me vestir do Meu Jeito quando estou com o Daniel, mas ele gosta de minissaias com lantejoulas e meias de seda e eu não consigo pensar nele como um machista asqueroso, porque eu tenho certeza de que ele vai amadurecer e sair dessa.

EPITÁFIO

Eu Encano um bocado com isso, porque é importante escolher bem a sua última mensagem. O meu epitáfio favorito é:

> *"Aqui quem jaz sou eu, José Bedeu,*
> *Tende de minh'alma piedade, Deus;*
> *Como eu teria se eu fosse Deus,*
> *E Tu é que fosses José Bedeu."*

Mas eu não acho que se possa fazer grande coisa com um nome que nem o meu. Eu imagino mais alguma coisa bem simples, tipo "Não Está Funcionando", que é o que o Benjy dizia quando via uma formiga morta. Mas eu preciso decidir, porque nunca se sabe o que pode acontecer.

EREÇÃO

Garotos Encanam um bocado com essas coisas. São causadas por sangue trovejando furiosamente nas pequenas veias que ficam dentro do feliz e dorminhoco pau do menino quando vê uma sombra da alça esquerda do sutiã de L. Chubb por baixo da blusa dela (ou melhor, quando vê a Hazel passando, grrr, gemidos, Mas Isso Não É Justo), e o resultado é que ele se torna um Órgão Orgulhoso E Sempre Alerta, pronto para enfrentar suas responsabilidades como conseqüência da citada alça de sutiã que vai escorregando por fora dos ombros sedosos. Quando a Atriz Jurássica Mae West falava coisas do tipo "É bom achar um homem duro" ou "Isto é uma arma no seu bolso ou você só está contente de me ver?" era sobre isso que ela estava falando.

O problema com as Ereções é que — aparentemente, hã hã — elas podem pular quando você menos deseja que elas venham, a uma simples olhada para uma coisa totalmente comum tipo uma alça de sutiã, e em compensação podem ficar tímidas diante de uma Situação tipo Pelados-Debaixo-do-Lençol, e desaparecerem. O Ashley já me falou sobre isso, e ele diz que as Meninas têm que ser Superlegais se isso acontecer, e não ficar tirando sarro, porque senão é capaz que o Menino só consiga outra Ereção se ficar pendurado de ponta cabeça num lustre vestido num saco de lixo sendo espancado com pôsteres enrolados da Madonna, Etc.

O problema é: um Menino sempre acha que ele tem que FAZER AQUILO ou a Menina vai dizer para as amigas que ele é um fiasco, e isso aumenta a Encanação dele com será que eu CONSIGO. E isso por sua vez aumenta a probabilidade de não ser possível que ele FAÇA AQUILO. Os meninos são Superencanados com sua (in)habilidade na PERFORMANCE, o que faz com que a coisa toda pareça um circo. Mas eu me solidarizo com eles. As meninas não têm que fazer com que partes suas subam e desçam que nem um guindaste de brinquedo para poder fazer sexo e nem para fazer bebês, de modo que eu considero que a responsabilidade de cuidar para que a espécie humana continue pesa sobre o pau (apesar de ser apenas inconscientemente, uma vez que os Meninos acham que eles chacoalham esses objetos para cima e para baixo por Puro Prazer).

Para maiores informações veja PAUS. Eu sei que é uma palavra vulgar para PÊNIS e que se a gente fosse de fato sério e adulto a gente sairia por aí falando que nem as pessoas de novela, mas eu não quero ser uma adulta assim tão cedo, só quando for mesmo inevitável. Eu conheço uma criança de cinco anos que diz "Eu estaria interessado num cocô agora" porque não querem que ele use linguagem de bebezinho e me dá vontade de ficar segurando sua cabecinha dentro da privada. E eu também não gosto de PICA, porque parece uma coisa incômoda, ou ROLA, que é um nome de passarinho. Pênis soa Supermorto.

ESCOLA

Urgh. Pelo menos os meus pais não pagam nada para me deixarem entediada e com o saco cheio durante seis horas por dia, cinco dias por semana, como fazem os pais da Hazel. O meu tédio é de graça.

Se você pensar nisso, é Super Estranho engaiolar jovens cheios de saúde e Vitalidade (ho ho) com uns poucos adultos aflitos e pouquíssimos livros quando eles poderiam estar fazendo caminhadas pelos campos verdejantes, pegando trilhas, escrevendo poemas, inventando curas para Espinhas, Essas Coisas.

AS MAIORES ENCANAÇÕES SOBRE ESCOLA SÃO OS VALENTÕES E AS PROVAS.

Os Valentões de Escola são piores durante o estranhamente chamado *recreio*, e por mim eu acabaria com os recreios para que a gente pudesse ou ir para casa meia hora mais cedo ou passar esse tempo na biblioteca ou em salas agradáveis e confortáveis com poltronas e TV. Quantos adultos gostariam de ser atirados numa Selva de Asfalto com um bando de crápulas à solta e sem nenhuma lojinha, bar, casa lotérica, Etc., aonde ir?

A Rover, imune ao Terror de Prova

As pessoas também odeiam Uniforme, mas eu gostaria que a Minha Escola tivesse um, porque assim todo santo dia não seria motivo de um grave Surto de Encanação para saber quem é que tem os melhores moletons. A Hazel diz que a St. Mary's Academy é tão ruim quanto, porque apesar de elas terem de se trajar (é assim que o Diretor delas fala) de estonteante verde-garrafa (ai ai, soco no estômago) existem inúmeros jeitos de VESTIR a coisa (isto é, você pode usar uma blusa comprida por fora da saia ou uma curta sem mangas por dentro, Etc. Etc.).

ABAIXO AS ESCOLAS PARTICULARES! ETON NÃO PODE SER CONSIDERADA CARIDADE, etc. (Escolas privadas, fantasiosamente chamadas na Inglaterra de Públicas, têm *status* de caridade. Se Você Ainda Não Sabia dessa Terrível Realidade, os Jornais Nunca Iriam Te Dizer). Eu uso esse tom um tanto estridente apesar de ser uma alma sensível e amante da liberdade, que acredita que todo mundo tem o direito de escolher, PORQUE, se as Escolas Particulares fossem ABOLIDAS, todo o pessoal rico e bem-educado iria dar uma de Super Protetor com as outras escolas para que os seus queridinhos aprendessem a soletrar, etc., e todo mundo seria beneficiado. Em vez de um bazar beneficente para arrecadar uns míseros trocados para repintar o dinossauro de cimento onde ninguém mais brinca, nós teríamos Concertos de Música Clássica arrecadando milhões e todo mundo teria canetas-tinteiro funcionando perfeitamente.

DICA: Se algum Valentão está te enchendo, faça com que todo mundo fique sabendo. Eu sei que é mais fácil falar do que fazer alguma coisa, mas toda vez que eu por acaso consegui convencer os meus pais e os professores a me levarem a sério, eu acabei sentindo uma Super Pena da valentona, porque todo mundo passou a odiá-la. (Depois disso, ela ficou Super Humana e a Aggy e eu nunca mais tivemos que desviar o caminho, aterrorizadas.)

ESCURO (Medo do)

Só porque você gosta de dormir com a luz acesa, não quer dizer que você seja um bebezinho, quer dizer que você tem Angústia da Separação.

Eu tenho (Muita Mesmo) Angústia da Separação. Eu não gosto de acordar de manhã. Nem de ir pra cama à noite. Eu saio de casa feito uma lesma (ó sortudo caracol que tem a casa às suas costas) e volto para casa só arrastada, essas coisas. Eu não gosto de apagar as luzes porque isto significa dizer adeus ao dia. Também porque fica Escuro quando elas estão apagadas. O Benjy é a única pessoa que me entende de verdade.

Benjy de dia

Benjy de noite

ESPERMA

Esperma é uma coisa pastosa e branca que sai do pau dos Meninos (segundo me dizem, cof cof) e pelo que se ouve dizer, de tanta pressão que ela faz sobre os meninos, é surpreendente para mim que eles não fiquem explodindo que nem balões e que nós não estejamos permanentemente cobertos com ela. Pessoas Super Moralistas e algumas Feministas diriam que a razão por que os meninos são tão ligados em ejacular esperma por todo lado é que eles são criados para enxergar as Meninas enquanto Objetos Sexuais que estão super aflitos para receberem montes dessa coisa. Deve haver alguma verdade nisso, mas uma vez que o esperma contém aquelas coisinhas que nadam e que fertilizam os óvulos que estão dentro das garotas e assim assegurando que haja um número suficiente de seres humanos andando por aí, eu suponho que já é de se esperar que esse negócio vá levar adiante a sua Missão sempre que possível, ou pelo menos a sua Emissão, ha! ha! urgh.

Me parece até bom que os espermas não se comuniquem entre si porque se eles alguma vez ouvissem seus ancestrais não moveriam uma palha para sair, já que os Meninos parecem passar um bocado de tempo espirrando-os em paredes de banheiro, fotos de programadoras de computador sem a blusa, e sujando toda a cueca, coisa que se presume seja lavada pelas pobres das suas mães. Mesmo que o garoto esteja fazendo aquilo que os esperminhas esperam que ele esteja fazendo, eles com certeza irão se arrancar dali para fora, gritando e sacudindo os rabinhos para acabar se estatelando num gigantesco saco de borracha, coisa que deve fazê-los pensar se valeu a pena. Bem, de qualquer forma, não sinta pena deles, porque uma camisinha os incomoda muito menos do que eles podem te incomodar, a menos que você goste de ouvir choro de nenê, Essas Coisas.

Esperma: aumentado 50 zilhões de vezes

Os Meninos secretamente Encanam com esperma, que nem com tudo o que tem a ver com seus Paus. Eles encanam que vai sair na hora errada (tipo quando estão na igreja, ou no ônibus, ou sendo examinados pelo médico, ou de pé na classe lendo Shakespeare lá na frente, — nada dessas coisas é propícia para que isso aconteça, mas quando é que saber disso fez alguém parar de Encanar?) ou eles ficam Encanados que vai sair muito cedo quando estão com a Garota de Seus Sonhos, tipo antes da Hora H da menina ou mesmo antes de tirarem as calças. Eles também Encanam que não vão ter as coisinhas que ficam nadando em número suficiente para que virem papais, e nesse caso eles acham que não serão admitidos como homens de verdade e não receberão batidinhas nas costas, nem ouvirão que eles têm "muito grafite na lapiseira", Etc. Etc.

Bem, já é o bastante sobre Esperma por ora, especialmente em se tratando de alguém que nunca viu nada disso, honestamente.

ESPORTES

O Ashley dizia sempre que conseguia ouvir os meus músculos estalando quando eu erguia uma colher de sucrilhos. Você pode concluir daí que eu não sou um material muito esportivo. Até pode ser, mas eu não sou nenhuma molenga, eu não.

Acredite se quiser, eu era SuperSuper-Boa em Futebol no Ginásio. E quando eu vi um programa na TV mostrando uma mulher que era técnica de um time, eu pensei que já podia desencanar sobre O Que Eu Ia Ser Quando Crescesse. Eu pensei que eu poderia evitar algumas das atividades dos períodos de folga como aquelas praticadas por jogadores como o Gazza, tipo: Chorar, Brigar, Essas Coisas, mas eu sentia também que poderia tra-

Como podem esperar que alguém cujos músculos estalam quando ela levanta uma colher de sucrilhos consiga empunhar uma RAQUETE DE TÊNIS?

zer de volta ao País Criador desse Esporte toda a arte e as malandragens com a bola vergonhosamente perdidas para italianos, brasileiros, africanos, Etc.

Acontece que quando eu entrei nesta Escola que estou hoje, EU FUI PROIBIDA DE JOGAR. Porque as MENINAS não podem jogar futebol!!!!!!!!!!!!!!!!!!!

Isto é ULTRAJANTE, e eu estou entrando com uma petição para que a próxima geração de jogadoras talentosas não sofra como eu sofri. Em compensação, eu fui para o extremo oposto e desenvolvi uma feroz aptidão no Xadrez. Eis aí um Esporte em que você tem que ser realmente inteligente e que não depende nem um pouquinho de sorte, o

O que eu poderia ter sido (suspiro)

que no meu caso também é ótimo. No mundo inteiro Meninos e Meninas são aterrorizados para fazerem Esportes, porque dizem que é bom para o corpo e para o caráter. Mas eu conheço uns corpos fantásticos com péssimos caráteres e vice-versa, então eu acho que deveriam é deixar a pessoa desenvolver o que lhe parecer mais fácil de fazer. Por que Andar pela Floresta (com a companhia que Você Escolher heh! heh!) não pode ser considerado Esporte? Ou Ioga? Ou Dançar? Ou só ficar se balançando gentilmente na brisa do mar? Abaixo o Terrorismo Esportivo Já!

EXTINÇÃO
SuperEncanante quando acontece com foquinhas simpáticas, elefantes graciosos, golfinhos superespertos, etc. Menos encanante no caso de vespas, pernilongos, mosquitos, urtigas em geral. Você pode Encanar com a Extinção da Raça Humana devido à Poluição, à superexposição à TV, Explosão do Sol, Essas Coisas. Mas a Extinção da Humanidade é uma Encanação tão a Longo Prazo que, mesmo no caso de *Moi*, já existe uma Longa fila de outras coisas para Encanar nesse meio tempo. Ver também MEIO AMBIENTE e DÍVIDA DO TERCEIRO MUNDO.

FAMA
Meu passatempo de banheira favorito é preparar o meu discurso recusando a condecoração da Ordem do Império Britânico, porque os critérios de escolha são um anacronismo fora de moda. Mas, apesar de que eu gostaria de ser IGUALZINHA à Julia Roberts, eu não gostaria de ser Superhiperfamosa que nem ela e descobrir que tem neguinho com lentes de *zoom* me espionando pela privada, repórteres debaixo da minha cama, Essas Coisas.

Eu bem que gostaria de ser Famosa que nem o fotógrafo Henri Cartier Bresson, que ninguém nunca vê por aí e que inclusive disfarça a sua câmera com fita isolante para ser confundido com um poste de rua, Etc. Ou como o Escritor Graham Greene, que era de uma discrição de matar, nunca dava entrevistas e que agora está morto mesmo (desculpa) para que menos pessoas ainda possam vê-lo. Eu gostaria de ser o Miles Davis se ele ainda estivesse vivo, porque assim o Daniel me amaria. Eu disse pro Daniel que eu achava o Miles realmente um grande jogador de sinuca. De qualquer forma, jogador de sinuca ou não, eu sou uma pessoa branca do sexo feminino, anglo-saxã, e que-não-joga-sinuca, de forma que o Miles não era mesmo um bom modelo para o meu caso.

Acho que eu estou buscando mais é uma mistura de Derek Jarman (Arte), Steven Spielberg (Dinheiro), Spike Lee (Moral com as Pessoas Nas Ruas) e Madonna (Modéstia).

A grande vantagem de ser Diretor de Cinema é que eles conseguem todo o crédito enquanto os roteiristas, atores e editores fazem todo o trabalho pesado. Ninguém sabe, por exemplo, o nome da mulher que escreveu *E.T.* Além disso, ninguém sabe como é a cara dos Diretores, e então eles podem tomar banho, Etc. sossegados.

FAMÍLIA REAL

Novela da vida real, só que com astros maiores e maiores salários, que mantém o Turismo florescendo nessa Disneylândia nacional à qual eu pertenço (outrora um Grande Império, soluços). Tem uma simpática velhinha bebedora de gim que é a Bisavó, que talvez ainda esteja viva quando este livro for para as lojas. Quando ela for de uma vez para o Grande Trono Nos Céus, não se falará de outra coisa nos jornais durante semanas seguidas.

Daí tem a Vó (a Rainha) que é Super Simpática com cachorros e cavalos, e que é casada com um Grego que sempre mete os pés pelas mãos. Os meninos incluem o Legítimo Herdeiro, que está ficando Super Deprê porque nessa altura ele já deveria ser Rei, mas sua mãe não pode abdicar porque eles não saberiam como chamar a Rainha Mãe (Vovó do Rei??).

O Príncipe Charles é um sujeito pensativo, o que faz com que ele seja Super Impopular com a Imprensa Marrom, que por sua vez acha que ele é um Fracote, Comunista, Etc. Mas a (ex)mulher, Diana, vendeu mais revistas do que qualquer pessoa na história e por causa disso é agora vista como Algo que Presta. Existe um monte de partes picantes (uma tia safada que se DIVORCIOU e que FUMA, uma irmã que se SEPAROU e que CAVALGA, uma Ruiva sedutora que é acusada de ser uma MÃE RUIM só porque os filhos vão esquiar mesmo com a cara cheia de espinhas (quem me dera a minha mãe me levasse e também as minhas espinhas para esquiar)). Outros membros da Empresa Real incluem pequenas e fofinhas Princesinhas que mostram a língua e são conhecidas como pestinhas, Etc. Etc. vários Tios que são da Marinha, uns que estão procurando emprego etc...

Mas é uma coisa Super Encanante o fato de que a Mulher Mais Rica do Mundo não paga Impostos. Com certeza, se ela pagasse todo mundo teria que pagar menos. Encanados do mundo, escrevam para a Coroa e perguntem a ela por quê. Talvez a gente possa publicar as respostas dela e encher a cara de grana (quero dizer, esclarecer o Mundo sobre as razões Super Boas que ela tem para não ser uma contribuinte. Hah!).

FEMINISMO

Se eu não entrar numa Escola de Cinema, talvez eu vá fazer engenharia genética, para ver se eu consigo criar um Hermafrodita. Se alguém conseguisse fazer um número suficiente desses seres e os observasse durante alguns séculos, poderia ter uma boa idéia de como a gente agiria se não fosse obrigado a escolher ser Menino OU Menina. Seria obviamente uma experiência um tanto demorada, e a gente teria que passar a idéia aos nossos filhos, que no fim já teriam esquecido o motivo de tudo aquilo, mas talvez isso fosse uma boa mãozinha para o Retorno do Feminismo.

O Feminismo nos Anos 90 é visto como uma coisa chata, mas eu li um livro da Minha Mãe, *O eunuco feminino* da Germaine Greer, e achei SuperInteressante e Muito Relevante. Aquela velha máxima de que as mulheres fazem dois terços de todo o trabalho do Mundo em troca de um décimo de todo o dinheiro do Mundo ainda é mais ou menos verdadeira, APESAR DE QUE, nós garotas, enquanto estrelas do Currículo Nacional (hã hã), somos melhores em tudo enquanto somos Criancinhas. Como passamos então a ganhar menos dinheiro? Como é que a gente pode ter menos casas, lugares no Parlamento, Etc? Infelizmente no momento muitas Meninas ainda se recusam a encarar esta Crise e passam a maior parte do seu tempo fofocando sobre Meninos e NAMOROS, enquanto os Meninos falam de futebol e do Universo e dos melhores lugares onde eles podem ficar se chutando, tudo coisas que são um SuperBom Treinamento para se tornarem Capitães da Indústria, Presidentes, Etc. Talvez eu me acorrente em algo como sinal de Protesto, talvez no Daniel (ha!)

As Meninas são Brilhantes. Como então não temos os melhores empregos, os melhores salários Etc.?

FESTAS

Fonte infinita de Encanação. O que vestir; o que fazer no cabelo; dançar ou não; como dançar; saber se o seu Grande Amor vai estar lá sozinho, com alguém, ou nem estará lá; se ele ou ela sairá com alguém bem debaixo do seu Nariz, ou por causa do seu Nariz (Ver NARIZ), Etc.

Cá entre nós, eu sou um pouquinho apavorada com Festas. Eu fico com medo de que alguém vá colocar drogas no meu bolo ou derramar alguma coisa no meu refrigerante. O Ashley tomou alguma coisa por engano uma vez numa festa e ficou viajando que ele era uma caneta tinteiro. Ele ficou 8 horas atrás de uma porta, aterrorizado que alguém pudesse pegá-lo e tentar escrever com ele. Eu não posso beber, porque só o cheiro de álcool me faz cair para trás e cantar *Papa Don't Preach* (Papai, Sem Sermão, da Madonna). Eu tenho certeza de que isso é por causa da minha não-diagnosticada mononucleose. Eu também fico com medo de que algum cara fedorento Super Tarado me agarre, ou que algum Super Lindo, inteligente e eloqüente, não.

Eu também pareço Super Tonta quando estou produzida. Eu acho que eu não encontrei o meu ESTILO, como eles dizem na *Smirk*.

DICAS: Se você não achou o seu ESTILO, seja Super Neutro. Gracinhas excêntricas tipo pendurar uma guirlanda de Natal nas narinas ficam OK se você se parece com a Hazel. Você pode usar spray dourado para cabelos, que é super bom para ambos os sexos e transforma o seu jeans e camiseta num modelo para festas em poucos segundos (talvez eu consiga um emprego na *Smirk*).

Se o seu Grande Amor está com Outro Alguém, você tem duas opções: derrubar a sua bebida neles ou uma retirada com dignidade. Eu recomendaria as duas coisas, mas aí a retirada tem que ser rápida.

Se você estiver comendo amendoim enquanto conversa, observe de onde você os está tirando. Uma vez o Brian foi enfiando a mão numa tigela e acabou com a boca cheia de pontas de cigarro. Esse é o tipo de coisa que jamais aconteceria com o Daniel, mas que bem pode acontecer com você ou comigo.

Eu sempre fui secretamente um pouquinho apavorada com festas — mas não demonstro

FUMAR

Por que, oh! por que os meus pais fazem isso? Eu fico Super Envergonhada, principalmente porque eles deveriam saber disso melhor do que eu. Se eles economizassem o dinheiro que gastam com cigarros a gente poderia tirar férias no exterior, fazer uma poupança, poderíamos dar ovos de granja todo dia para as Crianças no café da manhã, Etc. Eu vou ficar Super Chateada se eles baterem as botas prematuramente, mas eles não terão nenhuma solidariedade da minha parte.

A Aggy começou a fumar socialmente, e está Super Estressada por causa disso, porque ela é muito inteligente para fumar, ela acha. Eu concordo, apesar de ela ter problemas de verdade com a mãe e o carteiro e mais cinco irmãos. Depois que você começa, é Super Difícil parar, mas se você quer Cheirar Mal, Gastar uma Fortuna e Morrer Jovem, está para você. Eu não tenho nenhuma intenção de interferir na Liberdade de Escolha das pessoas, mas quando eu for do Governo eu vou colocar o preço dos cigarros a um milhão de libras o maço, e oferecer transporte gratuito para todo mundo para que as massas exploradas possam se divertir sem fumar. Os fundos para este simples projeto seriam providenciados pelas muitas e férteis idéias do BANCO DE IDÉIAS ADOLESCENTES (ahã, vermelha de vergonha).

FUTEBOL

Futebol (soluço, lamento, águas passadas, Etc.) só é chamado de *soccer* por esse pessoal de escolas grã-finas que acha que estão jogando com a bola errada. Tudo o que você tem que saber é que qualquer um dos lados que chutá-la mais vezes para dentro da rede vence, e é o que eles fazem segurando a camisa e chutando os calcanhares do outro bando (como seria diferente se os tipos que nem *Moi* estivessem voando pelo gramado, soluço, amargura, tédio, deprê, Etc.) De qualquer modo, a maior parte dos Meninos passa Sábado de manhã jogando, Sábado à tarde assistindo, Sábado à noite (e as outras noites) falando sobre isso Super Alto e Domingo morgando em frente à tevê assistindo o jogo que eles acabaram de ver ontem.

A Minha Experiência de ter sido proibida de exercitar a minha Agilidade, Graça e Demoníaco Domínio de Bola me tornou um tanto cínica, mas é uma pena que os Meninos reajam tão bem com o futebol, fazendo todas as coisas que você gostaria que eles fizessem por você: gastar uma fortuna, romper em lágrimas quando as coisas Dão Errado, Lembrar de Cada Pequeno Detalhe Por Mais Trivial Que Seja, Se Arrumar, Nunca Esquecer um Compromisso, Etc Etc. Droga!

GAY

Montes de meninos e meninas encanam por não saberem se são Gays ou Lésbicas, apesar de nunca sequer mencionarem o fato até que tenham saído da escola. O que eu sinto pelo Daniel me levou à quase absoluta certeza de que eu sou hetero. Os adultos também encanam um bocado com isso, e às vezes eu acho que se eles ouvissem dizer que a filha é uma prostituta ou uma trombadinha, ou uma viciada em drogas, eles poderiam dar um sorrisinho amarelo e tudo bem, mas se ela for lésbica eles CAEM DUROS.

Não é brincadeira o que nós adolescentes passamos nessas circunstâncias. Mas para mim é fácil dizer Desencana, porque eu não sou Gay (eu acho). Se eu fosse, eu Encanaria demais, por que muitos garotos da minha Escola ainda usam palavras ridículas tipo "Mariquinha", que é fora de moda demais, e se você não quer sair com eles o melhor que eles te xingam é de SAPATÃO. Se você for bem corajosa pode dizer que prefere ser sapatão do que sair com qualquer um daqueles babacas, mas você precisa ter coragem, que é uma coisa que costuma faltar nas pessoas Muito Encanadas.

DICA: Se você acha que é Gay, não consegue falar sobre isso com ninguém e se sente sozinho, existe agora uma penca de telefones de ajuda e instituições, assim como outra penca de pessoas como você.

Ver também LÉSBICAS.

Frisson da Ilha Deserta: Será que você é Gay? Imagine-se numa ilha deserta durante dez anos com pessoas Super Legais do mesmo sexo que você... Se não rolar nenhuma sacanagem com elas definitivamente você é hetero.

GEOGRAFIA

Apesar da União Européia, nós britânicos não somos muito bons em Geografia, já que ainda pensamos que somos uma Potência Mundial e que fomos nós que inventamos tudo, e que temos que ficar o tempo todo ajudando estrangeiros a amarrar seus sapatos. Nem as canções de ninar na língua dos indianos conseguiram mudar essa situação, embora eu veja uma luzinha de esperança para a geração do Benjy, porque agora já temos o Túnel do Canal da Mancha e por isso temos que aprender francês, para o caso de irmos parar por acidente dentro do túnel e precisarmos pedir para ir ao banheiro na outra ponta. Eu estudo francês desde os 11 e tudo o que eu sei dizer é "Parlez-vous Anglais?" (Você fala Inglês?) Cuja resposta esperada é "yes" (sim), de maneira que não é necessário mais nada de francês.

Os britânicos ainda riem dos americanos porque eles não sabiam onde ficava a Líbia até que foram lá para soltar bombas, e porque eles acham que os países estrangeiros são apenas lugares para atirar nos comunas e abrir McDonald's, mas sinceramente eu não vejo por que razão nós nos sentimos superiores. Eu acabei de descobrir simplesmente que todo o nosso país cabe dentro da Califórnia, e com folga.

GLÂNDULAS

Até onde eu sei, glândulas são pequenos saquinhos que ficam escondidos espalhados pelo seu corpo, contendo todo tipo de coisas vitais para o nosso Equilíbrio Interno, Apetites (ai) Etc. Os tipos que não ficam escondidos são os Peitos Nas Meninas e as Bolas Nos Meninos. As glândulas são SuperHiper Encanantes porque afetam tudo e podem fazer você ser Gorda, Magra, Faminta, Deprimida, Maníaca, Etc Etc. Então, antes de se considerar uma Louca e pedir para te levarem num Psiquiatra, nunca é demais tentar dar uma checada nas suas glândulas num Endocrinologista (que não é um vendedor de perucas para cavalos, ha! ha!) e só de pensar nisso sinto que estou com uma febre súbita decorrente de uma mononucleose, porque os meus gânglios do pescoço estão inchados eu estou Super Cansada.

GRAMÁTICA Apó'strofe' catas'trófic'a!

Isto é aquilo que as pessoas chiam que os adolescentes já não aprendem mais na escola (isso só pode ser uma Piada de Gramática, ha!). Se você mencionar Gramática para o meu pai ele sobe pelas paredes e começa a gritar sobre apóstrofes, que ele não agüenta o jeito como no comércio eles escrevem nas placas TOMATE'S, Etc. Se você não sabe que isso é errado, você é o tipo de pessoa de que ele está falando.

GRANA

Eu tenho tentado fazer algum dinheiro desde os 9 anos. O primeiro dinheiro que fiz foi uma nota de cinco libras com uma caneta Super fininha e tinta azul. A moça super boazinha da loja gentilmente me deu um pacote de biscoito, mas NADA DE TROCO. Ela disse que a minha inventividade valia os biscoitos e que ela iria pôr aquilo num quadro. Eu aposto que ela não ficou trabalhando três semanas pelo preço de um pacote de biscoitos. Quando eu for famosa, aquela "nota de cinco por Letty Chubb" vai valer pelo menos 6 libras.

O meu primeiro dinheirinho que eu fiz foi quando eu tinha nove anos

Quando eu tinha 10 anos eu fazia cavalinhos de argila e empurrava para os amigos. Mas as perninhas deles ficavam caindo (dos cavalinhos, claro, não dos meus amigos) e depois de fazer oito deles eu acabei com um lucro de 10 centavos. A Vó Chubb ainda tem os dois dela numa redoma de vidro. São a única coisa de que ela não tira o pó.

Aos 14 eu entreguei os jornais de Domingo por três semanas. OK, eu não agüentava carregar. Vai, tente VOCÊ.

Então agora eu vivo com as migalhas que os meus pais me dão. Dá para as minhas *Smirk*, etc., e essa é a minha cota. Eles não me dão muito porque eles dizem que são Tão Encanados com Grana... O único alívio que eles têm contra isso é beber e fumar e sair.

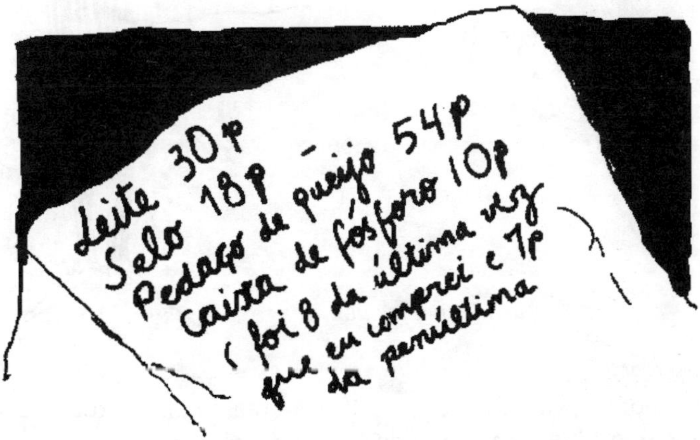

Contabilidade da Vó Chubb

A Vó Chubb anota tudo o que ela gasta em restos de papel de envelopes usados, com pequenos comentários, tipo: “Leite 30, selo 18, uma salsicha 20, caixa de fósforo 10 (foi 8 da última vez, e 7 da outra vez, preciso escrever para o Serviço de Proteção ao Consumidor)” Etc. Mas se ela fosse no banco pedir um aumento de crédito (ela preferiria se enforcar) eles recusariam. Se vai alguém de terno com pasta de couro brilhante e calculadora, eles fazem chover dinheiro, dinheiro que a pessoa gasta em carpetes grossos, telefones cor-de-rosa, garotas de salto alto, Etc., e depois volta para pegar mais e conti-

A Cultura Empresarial...

nuar o negócio, vai à falência, muda de nome, e começa tudo de novo. Isso é o que se chama Confiança.

GRAVIDEZ

Super Encanante para qualquer um que tenha Feito Aquilo ou quase, porque o Esperma (ver Esperma) é um negocinho persistente e consegue arrumar um jeito de chegar até um ovo mais rápido do que o Benjy no café da manhã. Durante um longo tempo eu achei que o Pau do menino tinha que entrar no umbigo da menina, o que mostra como a educação sexual pode pregar peças até numa Encanada assumida. Mas eu não era pior do que a irmã maior da Aggy, que pensava que você podia ficar grávida esfregando o seu nariz no do menino.

Eu recomendaria oito camisinhas de uma vez mais creme espermicida, mas, de qualquer forma, use com certeza pelo menos uma. Existe agora um teste para PROVAR quem é o pai, então cuidado com o dinheiro da pensão, garotos! Você também pode vir a segurar a criança. Waaaaaah.

Tem também testes que você pode fazer logo no começo (no dia em que a sua menstruação devia vir) e você pode comprar esses teste na farmácia mesmo. Eu tenho uns desses só para garantir.

NOTA: Se você *ficar* grávida, procure aconselhamento rapidinho. De preferência numa instituição que não pense que Adolescente que aborta deve queimar nos Quintos dos Infernos.

Ver também BEBÊS, ANTI-CONCEPCIONAIS, MENSTRUAÇÃO, SEXO, Etc.

GREVES

Para haver uma Greve, você precisa de um Sindicato, porque se for só você, ninguém nem nota, ou melhor, eles vão e pegam alguém para fazer o seu serviço. Eu queria ser uma Grande Líder dos Trabalhadores e marchar encabeçando uma multidão entusiasmada carregando faixas, mas é mais provável que que eu vá fazer uns Filmes Históricos Super Bons sobre o assunto, para mostrar para as pessoas como eram as coisas quando os Humildes Trabalhadores tinham Direitos e uma jornada de 40 horas por semana (em vez de trabalhar 80 horas ou nenhuma, como hoje).

GUERRA

Sempre tem uma acontecendo em algum lugar, ver MATAR.

CAPÍTULO SEIS (Letras HI)

O porco-espinho que eu achei no quintal era só Encanação. Bem, na verdade era só um escovão velho. Agora eu vou ter que fazer um exame de vista como se eu já não tivesse nada com que ficar Encanada!

A Minha Mãe voltou com seis telas enormes cobertas com manchas escarlates e púrpuras. O teto da cozinha já está quase de volta ao normal e o meu pai deu uma encostada na lata de cal e conseguiu um Bom Encontro com seu Agente. Se pelo menos ele conseguir terminar o livro, o agente sabe que o sucesso de Subindo na vida *ainda vale alguma coisa e o meu pai deveria poder dar adeus aos artigos de Faça-Você-Mesmo até que todos os seus filhos ganhassem os próprios Prêmios Nobel.*

A Minha Mãe está toda orgulhosa disso. O agente fica falando de um escritor Americano que ficou vinte anos vivendo de adiantamentos do editor sem conseguir terminar seu Grande Romance e, sendo assim, mesmo que o meu pai não escreva, há alguma esperança. Eu acho isso meio que uma sem-vergonhice, se você pensar que existiram Grandes Escritores que nem o Albert Camus, que além de produzir uma penca de romances sobre o Destino dos Homens ainda tinha que jogar no gol da seleção da Argélia. Mas pensando bem pode ser uma boa, porque o meu pai deixou cair cal em cima do computador durante seu último surto de consertos da casa, e agora tudo o que ele tenta escrever sai em letras gregas. É claro que ele também poderia fingir que se trata de algum clássico da Antigüidade desconhecido até então, e passar o resto da vida com os pés em cima de uma mesa em Oxford ou Cambridge. Ha!

Às vezes eu fico Encanada porque o meu Pai fica mantendo o seu Grande Romance em Segredo. Uma vez eu dei uma espiada na tela quando ele tinha saído do quarto e estava escrito "Aquela Intrépida Garotinha do Trapézio Voador" umas cinqüenta vezes, de maneira que eu não acho que ele está progredindo tanto como deveria. Acho que ele esconde o resto em algum lugar, mas eu não sei onde.

Às vezes me dá uma Encanação de que o meu pai é um tipo "O

Médico e o Monstro", um cara decente e meio velho a maior parte do tempo, e um maluco cheio de pelos que come ratinhos quando é lua cheia. A inocente da minha mãe tem ido com ele em vários desses jantares românticos e melados depois que o agente encheu a bola dele, mas isso só serve para aumentar o meu senso de isolamento.

Isso piorou ainda mais depois que eu dancei com o Brian numa festa no Sábado e fingi que ele tinha cabelos cor de Areia... Mas quando ele tentou me beijar eu me liguei que a Minha Alma Virou Gelo. Ele se desculpou por ter machucado o meu nariz com os seus óculos, pelo menos isso. A Hazel continua saindo todo fim-de-semana e NÃO ME LIGA.

O Hendon Snap disse que a Aggy tinha "Gênio". Demais até, segundo a opinião de um dos nossos fotógrafos mais importantes. Mas isso não deixou a Aggy feliz. A mãe dela mandou um cartão (com a foto de um Ônibus Londrino) lá da República Dominicana, para onde ela e o carteiro se mandaram para umas férias de Outono.

A Rover e o Benjy estão com amidalite, o que quer dizer que a casa está estranhamente SILENCIOSA. Eu tento conversar com o Horace mas ele só fica fazendo rodeios, rodando, rodando... Estou Encanadíssima com o meu nariz. Está cheio de calombos. Para me confortar com a perspectiva de venda arrasadora de livros, eu vou continuar com:

HERPES

Durante todo o inverno passado eu fiquei sendo chamada de Saddam na Escola por causa do meu herpes, que aparece sempre embaixo do meu nariz e quando seca fica parecendo um bigode. (Saco de papel grátis disponível com os editores para quando você ler esta seção.) Antes disso me chamavam de Cara de Pizza. Eu acho que Saddam era pior, mas eu odeio pizza, então dá na mesma.

Herpes é uma coisa psíquica. Aparece só na véspera de um Encontro Importante, ou uma Festa. Mas eu descobri a Cura. Deixe de lado aqueles cremes milagrosos que você garimpou do farmacêutico e passe mercurocromo. Derrame fartamente à primeira coceirinha ou casquinha que aparecer. APROVEITE aquela PONTADA, isso acaba com os seus pequenos horrores em tempo mínimo. NB: Isso não é recomendado a outras formas de Vírus de Herpes, como aqueles que surgem nos Locais Íntimos. Consulte o Médico se for o seu caso. Sinto muito.

HETEROSSEXUAIS
Você já se perguntou por que será que ninguém encana de ser heterossexual? Nem mesmo eu??????

HISTÓRIA
Tudo o que costumava acontecer. Ainda está sendo feita. Definitivamente o produto mais durável do mundo e Super Difícil de enten-

Moi: Estudando Dramatização num Contexto Histórico

der. Nós tivemos uma professora de História brilhante na Terceira Série que deu "Dramatização Histórica". A gente tinha que se esforçar para ser Puritanos numa semana e, na semana seguinte, Cavaleiros. Apesar do fato de os Meninos terem achado muito engraçado fingir que ela estava se referindo às gangues de carro e eles terem ficado o tempo todo rodando e fazendo vruum vruum..., foi Interessante ver como as aparências enganam porque do ponto de vista da Moçada toda os Cavaleiros eram os mais legais — se vestiam melhor, tinham mais grana, casas mais bonitas, cavalos, cabeleiras, Etc. Porém, graças aos Puritanos, hoje a gente tem O Voto, e qualquer um pode sair por aí contando histórias sobre com quem os parentes da Rainha estão indo para a cama sem ser executado, aprisionado na Torre, Essas Coisas. Mas isso me parece justo, porque qualquer um pode contar histórias sobre com quem *eu* estou indo para a cama, ou poderia se eu estivesse.

HORÓSCOPOS

Uma completa, total e absoluta enganação. Seria bom se dissessem coisas Definidas tipo "No domingo você vai sofrer um acidente quase fatal com uma torradeira elétrica, mas na segunda você não vai ter a mesma sorte". Mas é sempre uma coisa que começa com algo Deprê (isto é, aparência, trabalho e namoro, tudo indo por água abaixo) mas que termina falando de Influências Benéficas À Vista quando a Lua entrar em conjunção com Urano, etc. Isso sempre te deixa mais esperançosa. Também não tem graça nenhuma se você é de Touro. "Fique de Bode, Sou de Touro" deveria ser o lema do meu signo: terrena, pesadona, pescoçuda, adora jardinagem, sempre tranqüila a não ser quando provocada, tudo supermentira no meu caso. Mas já existiram muitos lunáticos porém interessantes e Super Intelectuais meio artísticos que eram de Touro, tipo Karl Marx, Oliver Cromwell (a quem nós devemos O Voto, fotos de parentes da Rainha Fazendo Aquilo, Etc.), Sigmund Freud, Michelangelo (o artista, não a Tartaruga Ninja), William Shakespeare. Todos esses têm muito mais a ver comigo (hã hã). O Daniel é Sagitário, que é Super Fogoso, independente (calor), mas apesar de se dar bem com Touro, infelizmente tende a abandoná-las por alguém de Áries. Isto tudo é Super Encanante, não que eu acredite em nada disso. Ver ZODÍACO.

IDÉIAS

> *"Os Melhores carecem de convicção. Os piores são cheios de intensidade apaixonada".*

Desde que o Ashley me mostrou essa citação do Grande poeta irlandês Yeast (sic), eu ando Super Encanada com a minha Intensidade Apaixonada. Ele tem uma certa razão, já que muitas guerras começaram por causa de uns cavaleiros alucinados que tinham uma IDÉIA na cabeça. Por outro lado, a Humanidade Não Chegou Onde Está Hoje por causa de gente que fica o dia todo coçando o saco.

Eu encano que as minhas Idéias podem acabar um dia

Eu também fico Super Encanada que as minhas idéias um dia acabem. Eu tenho certeza de que quando chegar a hora, isto é, quando eu tiver que ganhar a minha vida, e isso pode ser no ANO QUE VEM (aaaaai), elas já terão ido pro buraco, acabadas, como nós todos iremos um dia (gemidos, suspiros, cruz credo, olhar místico para o Além, Etc).

O fato é que os adolescentes têm por volta de um milhão de idéias por semana, e as criancinhas, por volta de um trilhão. Se pudéssemos colocar eletrodos nas cabecinhas carecas dos bebês e traduzir as mensagens em Adultês, a miséria do mundo terminaria de uma tacada só. A última do Benjy é um método para recuperar bolinhas de gude no meio de uma avenida de três pistas sem arriscar a vida nem quebrar as costelas. Solução de Letty Chubb: BANCOS DE IDÉIAS DE ADOLESCENTES, de modo que a Sociedade possa se beneficiar do Brilho e da Energia que flui livremente da Juventude em toda a sua Glória antes que as pétalas comecem a cair, Etc.

Quando as pessoas falam em idéias, elas podem estar se referindo, evidentemente, desde a um novo jeito de tirar chiclete grudado no carpete como à melhor maneira de organizar o Mundo para um máximo de Paz, Harmonia, Justiça, Etc. Eu acho que essas últimas são mais Interessantes, embora os fabricantes de carpete e de chicletes possam discordar. As idéias principais no campo da Paz/Harmonia/Justiça são:

1) Se cada um cuidar de si e o Governo deixar todo mundo sossegado, tudo vai andar no próprio ritmo, suprimentos suficientes de tudo o que é necessário serão acessíveis a preços razoáveis, e Tudo Vai Ser Muito Melhor.

2) Se todo mundo cuidar um do outro, dividir tudo, conversar sobre os Problemas, e um Governo do Povo substituir o dos Ricos e Poderosos, Tudo Vai Ser Muito Melhor e suprimentos suficientes de tudo serão acessíveis a preços razoáveis.

PS: Se você tiver algumas idéias superboas para salvar o mundo, descobrir o sentido da vida, como ser feliz, etc., mande para mim, aos cuidados da Editora e eu vou ver o que posso fazer. Você vai receber um pouco dos *royalties* se alguma delas der algum dinheiro — quer dizer, der alguma ajuda para o bem-estar da humanidade (heh heh). Ver também POLÍTICA.

Se a gente pudesse colocar eletrodos nas cabecinhas carecas dos bebês e traduzir as mensagens em Adultês... a pobreza mundial acabaria de uma tacada só (e eu ficaria Super Rica)

Só uma amostra das IDÉIAS que podem ser geradas pelo BIA (Banco de Idéias Adolescentes)

JACINTO McAVIDADE
DENTISTA
(não pega troco para o estacionamento)
DIMINUINDO O CUSTO DE TRATAR OS DENTES
$

PÉNABUNDA
Corporação Petrolífera
SAPATOS ELÉTRICOS
Transporte Limpo para o Século 21

 Ros Asquith

ÍDOLOS

Os meus são Marilyn Monroe e James Dean. O que, segundo o famoso decano da cultura Prof. Zeitgeist, é um exemplo significativo de "necrofilia cultural", isto é, todo mundo adora gente que está Morta, o que é uma SuperHiper Encanação. Um ídolo é alguém que você gostaria de ser igual, e eu admito que seja provavelmente um retrocesso preferir Marilyn em vez da Madonna. Mas qualquer um que prefira ser o Kevin Costner em vez de James Dean é Louco, desses de atirar pedra na lua, Etc.

O Benjy tem um ídolo

INTERCURSO

Ver SEXO. Não vá direto para lá, dá cegueira.

CAPÍTULO SETE (Letras JKL)

Carta do Daniel!

"Querida Scarlett,

Eu lamento muito não ter recebido mais notícias suas depois daquelas primeiras cartas maravilhosas, e eu imagino que devo abandonar a lembrança do nosso passeio perto do rio na lixeira dos meus sonhos. Seria mais simpático se você tivesse respondido à minha outra carta dizendo vamos ser só amigos, ou algum outro eufemismo.

Pelo menos assim eu poderia tentar juntar os pedaços da minha vida e tentar encontrar um caminho através da desolada e interminável terra devastada que agora se estende à minha frente.

Do seu, melancolicamente,

Daniel."

ALEGRIA! ESTRANHA ALEGRIA! Confusão! Tristeza! Mas onde estará essa carta desaparecida??

Benjy?!!!

Depois de escrever feito louca uma carta de 25 páginas para o D., vasculhei o quarto do Benjy. Ele resmungou até dar dó que ele não tinha nada pra esconder e depois de mexer em todas suas gavetas, caixas de brinquedos e roupas concluí que não era verdade, mas pelo menos ele não estava com a carta.

(Encontrei entre os nojentos pertences do Benjy:

9 castanhas (3 quebradas), 14 bolinhas de gude, 1 pacote de camisinhas pela metade tamanho Garotão extra-sensível marca GÜENTA O TRANCO, 15 pesetas (pagamento de mentirinha para os seus chicletes), 4 figurinhas de chiclete Mega Zygon, uma Bola de Lã, um Batman com uma perna só, Neve artificial do Natal (pingando), 3 baldes cheios de Lego, um Bolo de trequinhos misturado com chiclete.)

Acho muito nojento a minha mãe não cuidar melhor das coisas do meu irmãozinho. Mas onde estaria a carta? HORACE!! Toda amassada que nem papel higiênico usado na gaiola dele? Como eu poderia ter CERTEZA?

Para encurtar a história, finalmente eu encontrei a carta atrás de uma gaveta da escrivaninha do meu Pai junto com uma revistinha de sacanagem, seis avisos de cobrança de prestações atrasadas de várias coisas essenciais para a casa (incluindo a Enciclopédia eletrônica dele) e pedaços do Grande Romance. No meu Grande Furor por causa da carta eu acabei fazendo um Olho por Olho e escondi os Delírios Literários do Meu Pai. Eu fiquei surpresa de ver, logo nas primeiras páginas, que é sobre um homem que deixa a família e foge para o País de Gales, constrói uma cabana de troncos e começa a viver sozinho com um cachorro pescando (ele, não o cachorro). É meio pé-no-saco de ler na verdade, mas podia ser pior, ele podia ter fugido de casa e virado um Garanhão dos Infernos.

Eu abri o jogo da Carta com o Meu Pai, e ele fingiu que não tinha percebido que era para mim. E eu chamei ele de possessivo megalomaníaco que não quer que a filha cresça.

Fui daí para a casa da Aggy. Mas ELA estava vindo me visitar, AOS PRANTOS porque o pai dela pôs a NAMORADA para morar na casa com eles "para ajudar com as crianças". A gente se trancou no meu quarto e eu fiquei com tanta pena dela e tão feliz por causa do Daniel (desmaaaaaio) que nem fiquei com cabeça para a discussão que os meus pais estavam tendo por causa das contas.

O Benjy começou a encanar com o chão da cozinha. Ele diz que vê CARAS no chão. O meu pai disse que iria trocar o piso, mas aí a minha mãe falou que iria embora de casa... Nós somos uma família super neurótica.

Mostrei a carta do DH (Daniel Hope) para a Aggy, o que fez ela chorar ainda mais, de soluçar. Falava do Majestoso Tumulto dos meus cabelos, da graça tensa do meu corpo-de-Gazela, das Jóias Inestimáveis dos meus Olhos, Etc. Etc., e tudo isso me fez sentir um pouco Trêmula, inclusive nas partes que ele (DH) felizmente não mencionou.

Quanto mais eu pensava nisso mais eu queria Matar O Meu Pai, mas eu vou deixar barato dessa vez. Eu também fiquei tocada pelo fato de ele querer ir viver numa Choupana Longe de Tudo. É melhor do que viver Longe de Tudo fingindo que vive com a gente, que é o que ele faz atualmente.

Eu vou tentar sair Fora de Tudo Isso rapidinho começando com o JOTA:

JUSTIÇA

Quando você já passou mais de uma década numa prisão por algo que você não fez, pode ser que você saia um dia e alguém ainda diga que a Justiça Britânica é uma Maravilha e que sabe como Endireitar Os Errados, Etc. Os ex-prisioneiros não acham bem isso.

Você precisa Encanar sempre com a Justiça — em casa, na escola, no trabalho, em todo lugar. Justiça significa as pessoas receberem o tanto de crédito e de grana que é justo por algo de bom que tenham feito, ou o tanto de punição por algo de sacana ou estúpido que tenham feito, e não serem responsabilizadas por algo que não foi culpa delas.

A polícia, por estar na Parte Crítica da Coisa (isto é, nas ruas, Cenas do Crime, etc.) recebe muito mais críticas do que os advogados e juízes, o que é uma Super Injustiça, uma vez que são os advogados, Etc., que na verdade apresentam todas as provas e argumentam tudo e o melhor conversador vence. Se o melhor conversador vencesse na nossa casa, o Benjy estaria dormindo no banheiro e comendo casca de batata. Ele ainda ga-a-gue-eja.

DICAS: Em caso de você estar numa treta com a lei, não tente dar uma de engraçadinho. O Meu próprio Pai, que passou pelo teste do bafômetro três anos atrás, disse "Eu admito que dirigi um pouco mas estou em perfeitas condições para beber". Isso Não Pegou Bem. Ele poderia ter se saído um pouco melhor se não estivesse usando uma camiseta com uma bandeira da Irlanda, escrito "Libertem Nossos Presos Políticos".

O Juiz bate na Porta do Céu

Preto, branco, menina, menino, gay, lésbica ou tanto-faz, fale o mais educadamente que puder e sempre chame o policial de "Senhor Oficial", mesmo que ele pareça o Al Capone. Se você precisar de uma testemunha do seu bom caráter é melhor procurar um padre ou um professor, em vez do bebum Super-gente-fina que você conheceu debaixo do viaduto, que mora numa caixa de papelão.

NOTA: Uma pesquisa recente revelou (como eles dizem nos jornais que o meu Pai se recusa a levar para reciclar): Apenas 20 dos 550 juízes ingleses são mulheres. Dos 110 juízes de apelação e da Suprema Corte, só UMA é mulher. Quatro entre CINCO juízes fizeram Oxford ou Cambridge. E quantos são negros?

LÁBIOS

Acessórios faciais Super Importantes. Os olhos podem ser as janelas da alma mas é óbvio que os Lábios são as janelas dos intestinos, o que não é muito Romântico. De qualquer forma, eles também servem para rir, fazer cara feia, Etc. (Linguagem Corporal) e para exprimir Interesse Apaixonado (Ver BEIJAR). Os meus Lábios são Super Finos e compridos. Eles não parecem muito um arco de Cupido, parecem mais duas flechas juntas e um pouco curvadas nas pontas. E também têm um bocado de coisinhas pretas neles (será que isso acontece com mais gente? Eu nunca reparei. Será que as outras pessoas arrancam esses negócios pretos? Ou será que isso faz parte da minha transformação em hermafrodita? Talvez eu seja de um outro planeta. Se pelo menos fosse Krypton, mas é claro que deve ser algo como o Planeta Blurge, um lugar horroroso e nojento, cheio de sebinho de espinhas espalhado, cascas de ferida, gosma verde, Essas Coisas. Se o Super-Homem tivesse nascido nesse lugar, ele seria parecido com um Monstro Escatológico com uma capa, o que faria uma grande diferença na bilheteria dos seus filmes, eu diria).

DICAS: Tente esquecer os seus lábios, a não ser quando estiver Beijando, e mesmo então eles podem se virar sozinhos. Meninas não deveriam fazer biquinhos, faz com que pareçam Datadas, que nem aquelas *pin-ups* da época da Segunda Guerra, embora um visual estilo Madonna, que diz para os meninos Vem Cá, Aproveita E Depois Desapareça, valha a pena o esforço.

LÉSBICAS

Pelo que eu vejo do casal de lésbicas simpáticas que os meus pais conhecem e pelo jeito que elas falam das amigas, o lesbianismo é muitas vezes o tipo da relação cheia de confiança, sentimento, caseira, coisa que um monte de relações hetero não é. Lesbianismo é também uma boa saída para evitar a AIDS e por mais que eu morra pelo meu Amado de Cabelos Cor de Areia Molhada, é difícil negar que a média das Garotas se dá melhor juntas do que a média dos

Com Pais assim quem precisa de inimigos?

Garotos com todos os seus músculos saltados, pêlos nas costas, protuberâncias estranhas, Etc. De qualquer forma, eu não me ligo muito em Menina, e ponto final. Ver também GAY.

LÍNGUA

É o que os médicos deveriam olhar para ver se você está doente, mas nunca olham. Isso libera a Moçada para se permitir diariamente uma Encanação com a Língua, tipo "Será que a minha língua está vestindo um casaco de pele" e se for este o caso, será que isso significa alguma Doença Terminal ou um Resfriado? Também serve para dar aqueles beijos franceses (coisa em que é fácil se tornar perito, dizem, independente da Nacionalidade, mas eu ainda não peguei o jeito) e para provar comida. No caso de comer alguma coisa que você não gosta, é Super Difícil não encostar a língua.

LIVROS

Meu pai tem um quadrinho na parede com um homenzinho que parece estar Superencanado sentado com a cabeça apoiada nas mãos numa biblioteca gigantesca, e a mulher dele está dizendo para alguém "ele não acredita em uma palavra do que ele leu nos últimos dez anos". Eu poderia tirar um Diploma desse nível de Encanação. Às vezes o simples fato de eu só ter lido uns seis de todos os trilhões de livros que existem no mundo me deixa tão Encanada que parece que eles estão todos empilhados em cima da minha cabeça.

Eu acho que é bem evidente que se você lê um bocado de livros de pessoas Inteligentes e Sensíveis, você vai ficar mais Inteligente e Sensível.

Para os Adolescentes Encanados os livros são de três tipos:

1) De Escola, tipo *O grande Gatsby*, ou *O apanhador no campo de centeio*. Estes são sobre Pessoas em Sociedade.

2) Presentes, tipo livros da Lassie e *O corcel negro*, desses que você lê quando tem dez anos. Estes são sobre Animais em Sociedade.

3) Livros Que Você Mesma Escolhe tipo *Emagreça comendo doce* ou *A magia da fotografia*. Estes são sobre Otimismo Juvenil.

Eu acho que o Daniel já leu tudo que há no mundo, de maneira que ele não tem a Encanação da Pilha de Livros na Cabeça. Não só os Velhos poetas tipo Keats e Shelley e Roger McGough, mas também Benjamin Zephaniah e Maya Angelou, porque o Daniel diz que a nossa educação é "Euro Cêntrica". Eu vou perguntar casualmente o que isso quer dizer, um dia quando a gente estiver rachando um marshmallow de Depois do Clímax...

O Benjy odeia ganhar livros de presente, mas é isso que todo mundo dá pra ele, porque é mais prático quando a pessoa só se lembrou do aniversário três minutos antes da festa começar. Você seria capaz de imaginar que um dia haveria livros contando a história de Thomas, o motor do tanque de guerra? E com ônibus chamados Charles e Cyril? Não.

Eu fico encanadíssima com todas essas crianças que vivem em casas sem livros. Mas há limites pra tudo. Nós temos livros em todas as GAVETAS da casa. Eles deveriam ser distribuídos entre os pobres. Eu estou levando todos os meus velhos livros de Pônei (exceto *Minha amiga Flicka* e *A gincana do Jill* e uns outros dois ou três dos Meus Favoritos) para o Bazar do Congresso Nacional Africano. Estou guardando também os Cinco Melhores para o Benjy.

DICA: Se as pessoas estiverem falando sobre um livro que você não leu, não finja que você já leu, p. ex., uma vez eu fiquei um tempão falando do Papagaio Lóli quando o pai da Hazel mencionou uma tal "História do Sr. Polly". Na dúvida, fique quieto.

LUVAS

Ocasionalmente você vai encontrar uma luva sozinha pendurada numa grade, mas nunca será a SUA luva perdida. Será que algum fetichista fica espetando as luvas perdidas que nem borboletas em álbuns? Se você achar uma de lã azul tipo luva de mágico (meio elástica), ou uma cor-de-rosa sem os dedos, uma de cetim vermelho ou uma grandona de couro que eu peguei emprestada do meu Pai na semana passada ou retrasada, será que você poderia me mandar pelo correio, por favor, aos cuidados da Editora? Brigada.

CAPÍTULO OITO (Letras MN)

Meus pais não estão se falando. A enciclopédia e a lava-louça se foram. Eu comentei que a gente tinha sorte de ter uma máquina de lavar louça, sem falar em uma enciclopédia, e, como o Benjy disse, a enciclopédia nem tinha o Super-Homem. O meu pai disse que as classes trabalhadoras precisavam de Educação e de Luxo tanto quanto qualquer um. A minha mãe repetiu TRABALHADORAS dum jeito super cínico. Ele fica fora até tarde todo dia.

Eu a convenci a pôr um cobertor no chão da cozinha para o Benjy parar de ter pesadelos. É super difícil de passar aspirador.

Eu mandei as minhas fotos para o Daniel. Ele achou genial. Eu vou me encontrar com ele no Sábado! Férias de meio de ano! Está chovendo na minha horta!

SEXTA:

Eu não acredito! Os dois, meu pai e minha mãe, vão sair no Sábado! Eu não acredito como eles podem ser tão egoístas! Eles falaram que eu vou TER que arrumar uma babysitter para o Benjy se eu quiser sair e que eu NÃO VOU poder trazer o Daniel para casa enquanto eles não estiverem!

Graças a Deus a Aggy vai ficar de babysitter. Ela é uma Santa e com todos os problemas dela (culpa, culpa). Vou tentar me distrair da Promessa de Paraíso indo direto para os Ms.

MACHISMO

Muitos Garotos acham que serão tachados de Fracotes se não fizerem uma série de coisas Super Esquisitas que inclui: gritar Super Alto para se comunicar com alguém que está a 15cm de distância, estufar o peito, deixar sempre tensos os bíceps, os dentes, os punhos e as pálpebras; andar de um jeito arrogante (quadris, ombros, sobrancelhas); conversar em Botecos, Espeluncas, Etc. Comunicar-se com esses gorilas pode ser mais difícil do que com um Gorila de verdade.

Bem, se você quer se parecer com um desses tipos, estamos num país livre nesse aspecto, mas as Meninas mais Sexys, Interessantes e Inteligentes (isto é, *Moi*) não se ligam muito nisso. Meninas Sexys que não são Interessantes ou Inteligentes às vezes se ligam, e isso já é o suficiente para os Macho Boys que têm problemas para falar, pensar Etc., e que com certeza Meras Garotas não agüentariam.

Infelizmente o Amor às vezes é cego

DICA: Se você é a fim de alguém mas está encanada que ele seja um Machão, pergunte-se se ele tem um lado sensível e se todas as outras coisas são só uma fase, porque ele é Inseguro enquanto Homem, especialmente com os Amigos dele. Mas se ele também banca o Macho quando estão só vocês dois juntos, e acha qua as coisas que você Gosta/Acredita, Etc., não têm importância, é quase certo que ele não goste tanto assim de Menina. Melhor tomar um banho frio e ir para a cama com um pacote de chocolates.

MAMILOS

Todos os seres humanos e muitos animais têm mamilos, mas os mamilos das fêmeas humanas assumiram um Quociente de Encanação desproporcional ao seu tamanho, importância e posição no Universo. O propósito dos mamilos, é claro, é dar aos pequenos humanos sua primeira experiência com *Fast-Food*, mas alguns jornais sensacionalistas acham que isso não é muito conveniente e tentam se esquecer do fato. Em vez disso, eles tentam fazer a gente ficar Encanada com a APARÊNCIA deles. Quando você começa a pensar nisso (os Meninos pensam muito nisso) descobre que os mamilos vêm em todos os formatos, cores e tamanhos. Apontando Para Cima, Para Baixo, Para Dentro e Para os Lados. Alguns são super grandões, outros são mínimos. Todos são normais. Certo. Mas adianta ser Normal? (Ver adiante.)

Bem, mesmo assim, dentro em breve, provavelmente você vai poder encontrar para comprar uns bem realistas para colocar por cima dos de verdade. E isto vai mudar a sua vida? Se a resposta é sim, você deve estar precisando de Interesses Externos tipo trabalhar para os pobres e necessitados. (Talvez eu possa virar Conselheira Sentimental se a direção de cinema não der certo...)

Pense em MIM, por exemplo, eu não tenho nadinha de peito!!!! Considere-se com sorte se você tem alguma coisa ONDE ter os seus mamilos!!!!

MANIAS

Eu sempre ligo e desligo a luz duas vezes (eu tenho um negócio com números pares), sempre saio do banheiro antes da descarga parar de fazer barulho, nunca deixo a água da banheira escorrer antes de eu sair, tento não pisar nas risquinhas da calçada (Super Cansativo e faz com que você ande meio estranho, tipo um sapo), fico murmurando baixinho, que nem uma abelha quando fico nervosa (isso é culpa da Vó Chubb que assistiu *O Rei e Eu* 36 vezes e me disse que quando a gente está com Problemas é só Assobiar Uma Canção Alegre), rôo as unhas, fico enrolando a franja com o dedo e, ahn..., e às vezes confiro os vidros da janela do meu quarto para ver se nenhum Maluco Encapuçado os removeu com cortador de vidro.

Eu sempre finjo que ninguém percebe essas minhas manias, mas acho que as pessoas pecebem, sim. O Benjy já até me perguntou uma vez em voz alta na frente de visitas "O que você tá fazendo?", quando eu estava ajoelhada, porque quando eu deixo alguma coisa cair eu tenho que encostar duas vezes a mão no chão antes de pegar a coisa. Acho que se eu não tivesse essas manias eu seria muito mais Encanada do que eu já sou, porque elas meio que deixam as Encanações mais *difusas*, mas mesmo assim eu ainda estou tentando parar com isso, à taxa de uma mania por ano a partir de agora.

A injustiça é que algumas manias são tidas como sinais de Loucura, e outras nojentas e ofensivas são vistas como parte da Rica Variedade de Coisas da Vida. Por exemplo, Pôr o Dedo no Nariz, que a Senhora Tangent, a professora de Matemática, continua fazendo mes-

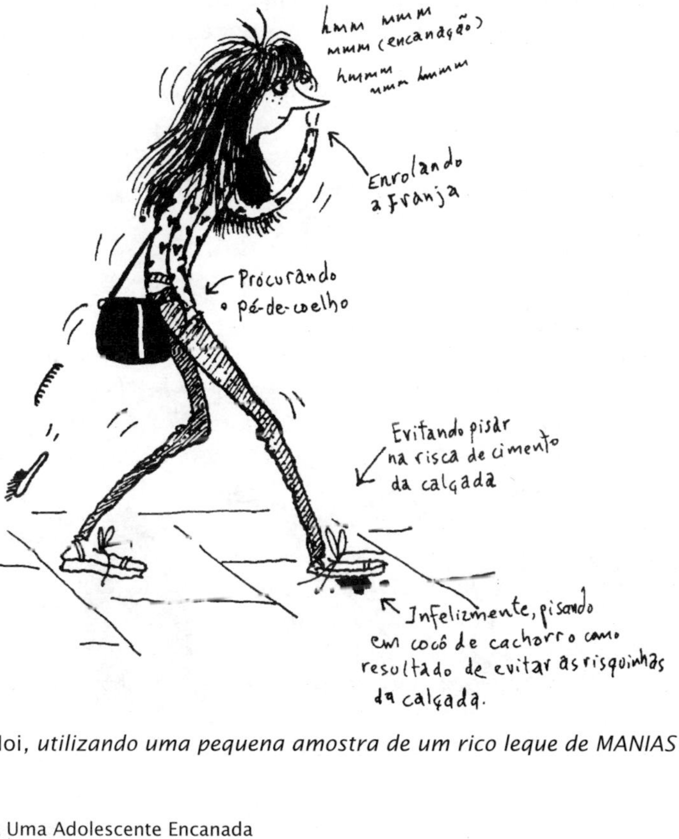

Moi, *utilizando uma pequena amostra de um rico leque de MANIAS*

mo depois que a gente colocou um nariz falso com um lenço de papel enfiado nele em cima da mesa dela; Beliscar a Bunda, coisa que o Jeff Strode, o professor de Educação Física, faz quando você está subindo no cavalo com alças (e ele mete os dedos nas ORELHAS dele também, às vezes ao mesmo tempo). O Senhor Hesseltine, o Diretor, fica pigarreando, limpando a garganta com um barulho que parece um jacaré fazendo gargarejo, toda vez que ele vai fazer um importante pronunciamento (tipo "Toda a escola — harrch rrkch, creeech — será submetida à mais severa — aaarch huuummpf — disciplina a não ser que o culpado dê um passo a frente dentro de dez segundos").

Sendo assim, embora as minhas manias (e eu só contei a pontinha do iceberg) sejam bem inofensivas por enquanto, eu sinto que

Catadores de Meleca de Nariz das Ilhas Britânicas

eu faço bem em dar uma reprimida nelas antes que elas virem algo parecido com essas de que eu estava falando acima.

DICAS: Se você tem manias realmente desagradáveis tipo ficar mexendo com as pessoas na rua ou apertar espinhas em público, tente a Terapia de Aversão Letty Chubb. Faça a mesma coisa, durante uma hora, em frente a um espelho. Se não funcionar, procure um médico.

MATAR

Eu sou Encanadíssima de ser membro da espécie humana, que são umas das poucas criaturas que matam os próprios semelhantes. Alguns tipos de formigas e macacos também fazem isso, mas geralmente os animais são super pacíficos.

A maioria dos assassinatos são cometidos por alguém que te conhece bem. Se você pensar demais nisso você fica Super Encanada — além do mais, evitar todo mundo que te conhece bem vai fazer as pessoas acharem você Super Esquisita, e pode levar à solidão total. Assassinatos domésticos (esse é o nome fofinho que a polícia dá a isso) é mais comum entre maridos e mulheres; normalmente o homem mata a mulher. Uma boa regra para evitar cair nessa é, se um menino for violento com você, nunca mais olhar na cara dele. Eu fiquei Super Encanada depois que descobri essa história de assassinato doméstico, porque eu achava que se eu ficasse trancada em casa eu estaria segura. É impossível vencer

A maioria dos assassinatos é cometida por alguém que te conhece bem

MEIO AMBIENTE

Eu Superapóio a proteção do Meio Ambiente, especialmente considerando que o meu ambiente pessoal é um verdadeiro Desastre Ecológico, causado pelos restos de Faça Você Mesmo inacabados, porcarias do irmãozinho nenê, manchas de tinta espalhadas pela Señora Picasso Chubb, Etc.

Eu já expliquei para a Esperta da Minha Mãe sobre os seus cosméticos, TODOS testados em animais, e ela fica meio mal quando eu a lembro de que uma Roverzinha ou um Horacinho sofreram para que ela finja ter duas ou três rugas a menos do que tem. Eu fiquei Superchocada quando descobri que ela coloca rótulos de Eco-Cremes Verdes POR CIMA dos produtos de beleza Esgane-O-Coelho, inclusive colocando produtos tira-manchas de roupa estilo-napalm-eternamente-indegradáveis dentro de gentis garrafas de Eco-detergentes estilo viva-com-as-manchas, só para tapear a gente. Que vergonha! Mordida pela descoberta, ela chegou ao ponto de dizer que quando eu lavasse toda a roupa e me lembrasse de limpar o banheiro, Etc., aí eu teria o direito de escolher o produto!

Ela também coloca todo o lixo no mesmo CESTO, e não se dá ao trabalho de reciclar os jornais, dizendo que gasta mais energia em petróleo levar os jornais até o depósito de lixo do que se economizaria reutilizando-os. Tudo isso serve para mostrar que a raça adulta é despreparada para governar e que nós adolescentes deveríamos tomar o poder AGORA e colocar as coisas em seus devidos lugares.

Eis como funcionaria:

1) CONGESTIONAMENTOS
Permitir que metade dos motoristas dirija Segundas, Quartas e Quintas e a outra metade Terças, Sextas e Sábados. Dispensa especial para médicos, Etc. (E membros do Governo, tipo *Moi.*)

2) ACIDENTES
Todos os veículos deverão parecer carrinhos de bate-bate de parque de diversão, feitos em cores Superescandalosas e serão Superhiper Ridículos para fazer com que os Meninos parem de usá-los como ex-

tensões dos seus paus. A velocidade máxima permitida para todos os veículos a não ser ambulâncias (excetuam-se também veículos do Governo, heh heh) será de 40km/h. Vias expressas serão fechadas exceto para skatistas e ciclistas (e uma pista livre para os Rolls Royces do Governo).

Sempre use os dois lados de um pedaço de papel

3) ÁRVORES

Todos os cidadãos deverão plantar uma árvore por ano. (Nada de árvores com Raízes Muito Grandes perto de propriedades do Governo.)

4) PAPEL

Todo papel será reciclado (exceto o papel higiênico do Governo) e serão banidos todos os jornais com mais de um suplemento ou meia página de cobertura esportiva.

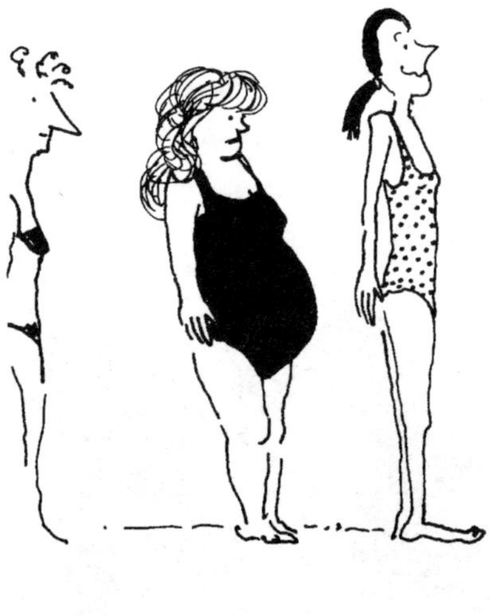

5) HIDROCARBONETOS/CONSUMO DE ENERGIA

Uma casa por rua será transformada numa geladeira comunitária, numa lavadora e numa secadora. (Exceções feitas aos hospitais e membros do Governo que precisam dar muitas recepções.)

6) FAZENDAS

Toda a produção mecanizada será BANIDA de uma vez, os infratores virarão comida para porcos. Pintinhos, ovelhas, Etc., terão liberdade total. (As propriedades do Governo serão bem cercadas.) A terra será destinada a plantações úteis, flores, festivais de música, Etc.

Isso foi apenas um breve perfil. Ainda será necesário um ajuste de detalhes.

Até o momento, eu sigo fazendo a minha parte economizando rolos de papel higiênico para o Horace e recolhendo latas de bebidas vazias. Está difícil entrar no meu quarto com a montanha de la-

tas, mas eu vou levar logo mais ao depósito de lixo para reciclar, ou talvez eu jogue esse tanto fora e comece outra vez com algo menos trambolho, tipo selos.

MENINOS

Se você somasse a quantidade de tempo que eu andei encanada com meninos este ano, daria provavelmente três meses, 2 semanas e 6 dias. Eu fico impressionada com isso quando penso em quantas Outras Encanações eu sou capaz de encaixar nesse mesmo tempo. Eu bem que gostaria de dizer que Arte, Fotografia, Formatura e Me Preocupar Com Os Pobres são coisas mais importantes para mim. Mas justo quando você está tentando a duras penas entender o conflito político entre sérvios e croatas, você se pega pensando na propaganda da Levi's 501 que é, por acaso, a coisa mais próxima que nós, garotas,

chegamos de ver imagens SEXYS de garotos na tão aclamada MÍDIA (gemido, lamúria). Existe um monte de ENCANAÇÕES BÁSICAS sobre meninos, mas elas podem ser divididas pelo método Chubb em duas categorias principais:

1) Será que algum menino vai gostar de mim?
2) O que os meninos SÃO na verdade?

A resposta para a primeira questão é que um menino ou outro irá, uma vez ou outra, provavelmente gostar de você. É comum, no entanto (snif, buá, Etc Etc) que o Menino que Gosta de Você (MGV) não seja o Menino de quem Você Gosta (MVG).

Em se tratando dos MGV é melhor ser honesta, mas o tiro pode sair pela culatra. Eu disse ao Brian depois que ele me beijou que eu tinha pensado sobre aquilo um tempão e tinha decidido que eu preferiria que o nosso relacionamento fosse Platônico, mas ele olhou "Plutônico" no dicionário, que significa "fogos vulcânicos". Quando encontrei o Brian depois, ele parecia um toureiro vestido de coelhinho.

Em se tratando do MVG, é melhor ficar fria até eles virarem MGV. Com o Daniel, eu nunca passei mais do que quatro horas me arrumando se eu achasse que teria a chance topar com ele na casa da Hazel ou na rua. E eu jamais mandaria pra ele mais do que cinco ou seis cartões de amor. É melhor não ficar pressionando muito.

Também é uma boa evitar CONCORDAR toda hora com o MVG, ou ele vai pensar que você está a fim. Acho que eu quase já parei com isso. Sou capaz até de dizer ao Daniel que eu não acho que o e.e. cummings seja o melhor poeta que eu já li, e que o Benjy escreve melhor. Mas vou esconder aqueles meus discos brega.

Agora a segunda, e mais complexa questão: O QUE OS MENINOS SÃO NA VERDADE?

Eu vacilo desnorteada entre as duas teorias tipo-Eureka de L. Chubb. Uma é que eles são na verdade ALIENÍGENAS (M. E. N. I. N. O. — Manifestações Extraterrenas Não Identificadas na Nossa Órbita). Eles falam a mesma língua, usam Trajes Terráqueos Convincentes (uma cabeça, duas orelhas Etc. Etc.) mas eles NÃO SÃO COMO A GENTE e, o que é pior, eles NÃO GOSTAM DA GENTE. Eles chiam por causa das garotas que Não Fazem Aquilo, e chamam as que fazem de Galinha, Piranha, Etc. Eles acham que TETA é a palavra mais engraçada do mundo. Na forma original eles devem ser redondos, porque eles são loucos por BOLAS de todos os tipos e, quando eles ficam um pouco maiores, por RODAS de todos os tipos, porque eles também gostam de ir depressa nas coisas ("inclusive com as Meninas", diz a Sandra Fissura, do último ano, dando de ombros com um desprezo tão cheio de significado que eu sempre finjo que concordo com ela).

A teoria Oposta de L. Chubb é que os MENINOS são EXATAMENTE COMO A GENTE no fim das contas, só que com PAUS. Eu tenho que dizer que se você observar formigas, ou cangurus, ou dentes-de-leão (a flor) ou montanhas, então os meninos são com certeza MAIS PARECIDOS COM A GENTE do que qualquer outra coisa.

Menino que Gosta de Você e Menino que Você Gosta: a Diferença

POR QUE eles se comportam de forma tão diferente é um enigma, com certeza. Eu acho que é porque eles foram tratados de um modo diferente quando eram pequenininhos. Eu ouvi dizer de uma experiência onde um monte de MENINOS que estavam aprendendo a andar eram vestidos de ROSA e um monte de MENINAS, também aprendendo a andar, de AZUL, e eram deixados com ajudantes que não sabiam de nada. Se um bebê de AZUL caía, diziam "Força, GAROTÃO!" e se um de ROSA caía davam abracinhos (ai ai, ui ui). E isso continua. "Galinha" e "Vaca" são RUINS. "Galo" e "Touro" são BONS, Etc. Etc.

Eu estou determinada a criar meus filhos em completa igualdade e dar a eles todas as oportunidades para ganhar montes de dinheiro. Mas se o Sr. Hesseltine (nosso diretor) viesse trabalhar com um *tailleur* e colar de pérolas eu iria rir, mesmo assim. O que mostra que a IGUALDADE DOS SEXOS ainda não chegou muito longe. Os únicos homens poderosos que você vai ver de Vestido são os juízes e os padres.

DICA: Vale a pena lembrar que, por mais que você seja encanada com MENINOS, eles também ficam encanados com VOCÊ e também acham que você é de Outra Galáxia. E outra: existe, aparentemente, um certo alguém para todo mundo. Veja o Sr. e a Sra. Cano, dois andares acima do nosso. Ele tem 2 metros de altura e ela mais ou menos 1,30m. Nós os chamamos de Sr. Cano e seu Meio-Quilo Preferido. Também, se você realmente não gosta de meninos DE JEITO NENHUM, sempre existem as meninas.

Tradução:
Ô, Beleza. Agora eu vou poder pôr esta ótima fantasia e me enturmar em importantes conversas com todas aquelas encantadoras Terrestres

Meninos: Como as mães deles os vêem

Como a minha mãe os vê

Como eles realmente são

MENSTRUAÇÃO

Eu antes pensava que era Super Sexista que isso não tivesse um nome como Mulherstruação em vez de ("ho")mens-truação, mas depois eu descobri que vem do latim "Mensis" que significa mês. Super Simples. Se eu tivesse ido para uma escola chique eu provavelmente já saberia isso há muito tempo.

Ela também é chamada de A Maldição (pela minha mãe), Período, Ficar Mocinha, Etc. Etc. Na verdade é uma coisa bem legal porque é a maneira do corpo liberar os ovinhos para fora do útero, onde, se fossem fertilizados, eles ficariam e virariam bebês. A Hazel começou a ficar bem cedo, aos 11. A Aggy tinha 13 e eu tinha 14 e meio. Isso quis dizer na época que eu fiquei SuperSuperHiper Encanada de não ser mulher até o ano passado. Eu ainda sou meio encanada de que eu sou um hermafrodita. Eu usei absorvente desde os 11, para o caso de vir, mas olhando para trás eu não recomendaria um gasto desses por um período de quatro anos (ha! ha!), embora eles sejam mais fáceis de usar da primeira vez do que esses tampões, além de

Você pode vender as chupetas porque os tempos de Criança Inocente acabaram

não te fazer perder o sono Encanada que esqueceu de tirar o do mês passado.

Depois que você já está tendo as suas menstruações, é claro que perde a graça Super Rápido e você pode vender as chupetas por que os Tempos de Criança Inocente Acabaram, etc. grrr e você não pode lutar contra isso. (Inclusive, eu não encontrei ninguém que quisesse comprar as minhas chupetas, nem mesmo alugar barato, hah!)

É uma vergonha que, nos anos 90, a menstruação AINDA deixe as pessoas SEM JEITO. É Super Importante fazer campanhas para que coloquem absorventes e toalhas em todos os banheiros públicos, e que todo mundo dê "OBs" de graça para as amigas (menos prejudicial do que ficar dando cigarros e duas vezes mais legal).

NOTA: Se a sua mochila da escola cair no chão e 4.000 OBs aparecerem, por que razão ficar mais envergonhada do que se fossem 4.000 lenços de papel?

Homens não sofrem de Tensão Pré-Menstrual

Se a sua resposta foi que não ficaria envergonhada, você ganhou o Prêmio Letty Chubb de Façanha Notável para as Mulheres do Século XXI, ou das Ótimas Mentirosas — faça um "xis" onde se aplica.

Os homens costumavam usar a menstruação como desculpa para não dar Empregos Melhores para as mulheres, alegando que elas ficariam Super Nervosinhas e imprevisíveis Uma Vez Por Mês. Os homens, inclusive o meu pai, geralmente ficam bem Nervosinhos e Imprevisíveis por causa de ressacas, feridas em seus Egos, barulhinhos estranhos no carro, Etc., por volta de umas 20 vezes por mês, então E Daí, meu?

Da minha parte, eu não sofro de TPM (Tensão Pré-Menstrual) DE JEITO NENHUM. Eu só fico Super Super Superhiper Nervosinha uns dias antes do meu dia.

A Minha Mãe sempre diz: "Você está Muito Nervosinha, acho que vai ficar menstruada". E daí eu fico atacada, dizendo que ela não compreende as agonias da minha ALMA. Mais tarde, eu às vezes concluo que ela estava certa, mas aí eu fico quieta.

É uma pena que a gente não possa mais usar a menstruação como desculpa para ser dispensada de jogos, natação, etc., a não ser que esteja com uma Super Cólica, que não é o meu caso.

MORADIA

Quando eu ainda estava no primário na Escolinha da Colméia, quase todas as minhas amigas moravam em casas. Todo mundo tinha inclusive vestidinhos de festa e sandalinhas de couro. Agora, ninguém, a não ser a Hazel e o Daniel, mora em casa, todo mundo vive em conjuntos de apartamentos, onde os elevadores não funcionam e as crianças ficam pondo fogo nas lixeiras. O Brian mora num condomínio que chama Vida Prática, querendo dizer que os banheiros são entupidos e que chove dentro de casa, de forma que morando lá a sua vida praticamente acaba lá mesmo. Isso é porque a Classe Média está desaparecendo do Centro de Londres.

O Governo acabou com a Cidade de Papelão, uma favela de barracos feitos de caixas que era SuperDesconcertante para todas aquelas pessoas que adoram ver Grandes Artistas retratando a Pobreza, a Fome, Etc., nas Galerias de Arte e Centros Culturais, mas não querem saber da Coisa Real. Mas agora tem ainda mais gente sem casa. Tem zilhões de adolescentes vagando pelas ruas da capital e se deitando em pilhas de jornal. Mesmo assim, o meu pai se recusa a distribuir suas pilhas para os pobres, porque ele vai precisar para "pesquisa". Que diabo de Socialista ele é?

As Ruas de Londres são Pavimentadas com Ouro

MORRER

É claro que todas as Encanações apontam para esta aqui, porque isso pode acontecer com Você ou com Aqueles que Você Ama, de maneira que não existe nada Pior.

Eu não Encano tanto POR MINHA CAUSA, porque eu nem vou saber quando acontecer, ou talvez porque eu possa conhecer James Dean, Jesus, Etc., o que deve ser bem interessante. Eu rezo um bocado para evitar que eu vá depois para algum lugar Não Muito Agradável e encontre gente tipo um Stálin, um Hannibal Lecter (o psiquiatra-canibal de *O Silêncio dos Inocentes*), Hitler, Etc., MAS NUNCA SE SABE.

Agora, Encanar com isso acontecer com Aqueles Que Eu Amo é uma Coisa Que Me Faz Derreter. Eu quase sempre chacoalho as pessoas da minha família quando estão dormindo porque eu não tenho certeza de eles estarem respirando. O Benjy uma vez me deixou de olho roxo porque eu fiz isso e a Minha Mãe já me atirou uma garrafa térmica que estourou, inclusive.

Devido ao Meu Grande Terror da palavra que rima com SORTE — eu tive que sussurrar a minha palavra código ("Banana") durante toda a excursão da escola para assistir *Hamlet*, porque Shakespeare é Muito Chegado nesse assunto — eu decidi mencionar o fato ao meu Médico, e espero que ele conheça um analista barato.

A Rover não encana de se livrar da sua Carcaça Mortal

DICA: Se você é do tipo que se pega dizendo "tome cuidado" ou "preste atenção no trânsito" para as pessoas que estão indo apenas ao banheiro, então um pouquinho de Terapia pode ser a sua saída. Deixe-me ver como você se sai. Se os seus sintomas não forem muito sérios, então a Encanação com isso é Bem Normal (como dizem as Conselheiras Sentimentais) e até quem sabe mesmo, Universal. Vide Shakespeare, Etc.

MÚSICA

O Daniel é musical. Ele fica com um olhar engraçado quando ouve uma música que ele gosta. Acho que é o mesmo olhar que ele fica quando a gente está abraçado (Desmaaaio), mas aí eu estou muito colada para ter certeza. Ele inclusive entende de Música, o que não é o meu caso.

A Rover tendo a sua Encanação Bienal

De qualquer forma, eu acredito que a Música tem poder de curar, de juntar as pessoas, Etc. A prova disso são os mendigos, na chuva, assistindo o Pavarotti no Parque, junto com o Primeiro Ministro, a Lady Di, Etc. Quase todo mundo ficava com aquele olhar que o Daniel tem e eu achei aquilo Super Comovente. Ele canta errado a letra de *Dá-me Um Cornetto*, eu sei, mas para verdadeiros Amantes da música como ele tanto faz se a letra é sobre Sorvete ou sobre Alguma Besteira.

Os meus pais acham que a música para dançar de hoje parece o som de máquinas de escrever velhas. Eles também não aprovam que a Música Clássica seja vendida que nem perfume, roupas, Etc., com fotos de pessoas Lindas tocando *cellos*, sacudindo batutas SEM estarem vestidas que nem pingüins. Bem, de qualquer forma eu não ligo, porque me parece que a música está ficando mais democrática, não mais Clássicos ou Óperas para gente com nomes pretensiosos tipo Petronela e Tarquínio, e o pop para gente que tem nomes mais comuns, tipo Sharon e Tel.

O Daniel diz que a Música realmente interessante dos últimos 50 anos foi roubada dos Trabalhadores, do Terceiro Mundo, Etc. — o *rock'n'roll* foi inventado pelos Negros Americanos mas vendido por caras que pareciam James Dean (chiii, conflito de lealdades). A *World Music* é toda chupada da África, da América Latina e do Oriente, e daí reciclada em sintetizadores. Aparentemente, Mozart & Cia eram todos uns pop-stars, que deviam odiar a idéia da música deles ser tocada para platéias que se sentavam em volta parecendo manequins de vitrine.

DICA: A Encanação com Música é quase sempre causada por odiar uma música que todo mundo parece estar adorando, ou vice-versa. Se você tem medo de que as pessoas riam de você, você pode continuar firme dizendo que nunca mais gostou de nenhuma música desde *Humpty Dumpty*, ou encontrar alguém que compartilhe do seu gosto. Isso é verdade mesmo para quem gosta de *Heavy Metal*.

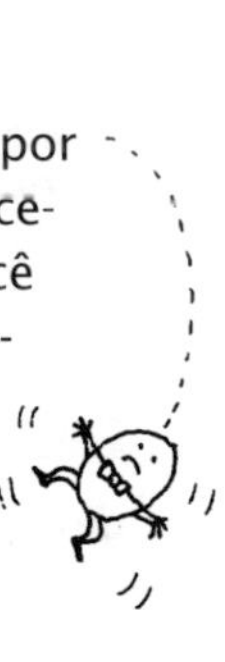

NAMORO (AMOR)

Aaaaaaaaaaaaaah. Ou Arrrrrrrrrrrrgh. Dependendo do seu humor. Quase todo dia eu alterno Aaaaaaaaaaaaaah e Arrrrrrrrrrrgh (tão rapidamente por causa da carta perdida do Daniel que tinha horas em que eu não conseguia soltar os meus aahs que saíam pelos cotovelos, ha!).

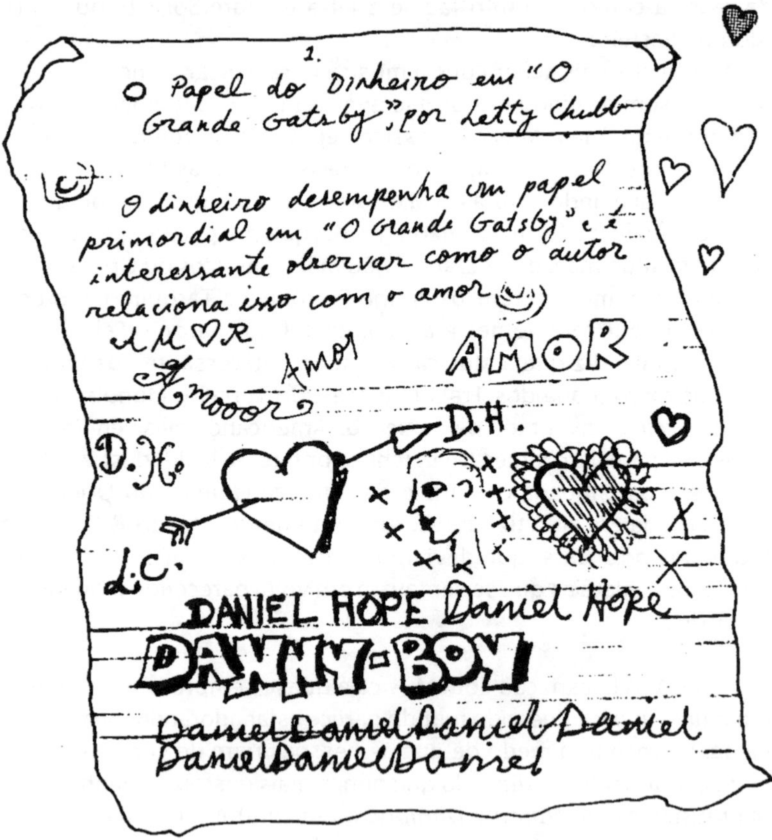

O Efeito do Amor nas Redações

Amor: seu efeito em Adolescentes Encanados

Estou achando Super Difícil a combinação de Namoro e escola. Eu não tenho feito muita lição. Eu não consigo estudar Literatura Inglesa sem ficar melosa nas partes românticas. Geografia me faz pensar em mares azuis e ilhas desertas onde eu fico me agarrando com o DH. Francês é Super Difícil porque eu fico pensando em Beijos Franceses (de língua), Cartas, Etc. e as palavras "Je t'aime" me dão sérios Calores. Biologia é o que me deixa mais desconcentrada.

Outros aspectos da vida também ficaram complicados só agora.

O Amor é Super Cansativo. Às vezes eu preferiria não estar assim. Antes que você perceba você já Caiu Direitinho e não pode mais sair. Você começa a ver outros casais se amassando nos bancos dos parques e se sente mais chorosa ainda, porque o seu Amor está numa escola metida a besta e vocês estão Separados.

Eu escrevi tudo o que o Daniel me disse e é tudo realmente genial. Ele tem muita intuição, profundidade e calor. E também eu estou Super Apegada à curvinha do nariz dele, ao desenho dos seus ombros e ao pequeno cacho de cabelo que fica em cima dos olhos dele. Provavelmente eu seria capaz de contar o número de fios desse cachinho, de cabeça. Eu fiquei meditando sobre a caligrafia dele (também fiquei passando a mão, desmaio, agarro, Etc.), é tão cheia de inteligência e imaginação.

Se você estiver a ponto de vomitar, eu entendo.

Amor: seu efeito sobre a Flor

DICAS: Se você encana com a idéia de se apaixonar, desencane, você vai saber quando acontecer. Não é que nem aquele sentimento que você tem quando beija um pôster de um ídolo quando a gente tem doze anos. Nem nada parecido com esfregar a cara num bichinho de pelúcia. Agora eu descobri. É mais como um sol nascendo, um vulcão e outras partes do Planeta onde, se ao menos todo mundo se amasse (desmaio), a gente poderia dançar, cantar, beijar e tomar milkshake de morango o dia inteiro debaixo de palmeiras e cachoeiras fazendo aquele barulhinho ou galopar em cavalos selvagens através de um gramado, Etc.

NOTA: Eu revi minhas opiniões depois que acabei o livro. Você verá por que quando chegar ao fim. Mas para manter a honestidade os editores me convenceram a deixar esse comovente relato sobre um Primeiro Namoro (ui!) intacto.

NARIZ

Trocinho importante no meio do seu rosto. Essencial para conferir fedores, tipo suor e bafo. O meu é Super Pontudo. O da Aggy, de bolinha. O da Hazel é Super Pequeno e com narinas esculpidas. Idem, o do Daniel (desmaaaaio). O da Vó Chubb é grossão e tem uma verruga. As melecas do nariz do Benjy ficam espalhadas por toda a lateral da cama dele junto com os chicletes mastigados.

Numa tentativa de redesenhar o nariz, eu bolei um pequeno sistema de encanamento rigorosamente controlado por ELFOS (ou seria ELFICAMENTE controlado?) SEJA COMO FOR... para onde iria todo o Ranho, se não PINGASSE? Mesmo que os Elfos tivessem Baldes, onde eles os esvaziariam? Encanação, encanação.

Eu aperfeiçoei uma técnica Super Discreta de chacoalhar a cabeça que dá uma disfarçada na minha tromba

O nariz é uma grande encanação de APARÊNCIA. Eu já sonhei com essas cirurgias plásticas que alguns pais generosos nos Estados Unidos dão para as filhas de PRESENTE DE ANIVERSÁRIO, mas eu não agüentaria a tiração de sarro dos meus Chamados Amigos, nem ter que sair com os dois olhos pretos durante semanas. Eu já não preciso de um nariz para encontrar o rastro da comida, pressentir o perigo, Essas Coisas, então por que a Evolução pregou esta peça tão cruel? Se eu pudesse botar as mãos naquele tal de Charles Darwin eu daria para ele um pedaço do meu nariz, e pronto.

DICA: Sofredores com narizes de tromba pontudos ou calombudos deveriam simplesmente evitar virar de perfil para aqueles que amam e para câmeras.

NERVOS

São esses tubinhos de fibras através dos quais o seu cérebro se comunica com o resto de você. Os mais velhos falam um bocado sobre eles, tipo "Ela está bem mal dos nervos". Eu tenho horror de pensar em como vão ficar os meus se eu chegar a ter que viver de aposentadoria (se ainda existir esse tipo de coisa na época. Hah!). A minha mãe disse que eu não parava quieta quando era bebê. Do tipo que parece um rato louco quando ouve o barulho de um gato arranhando o sofá. Eu até hoje odeio o som do aspirador de pó, e dou um pulo toda vez que toca o telefone. Se o Benjy põe uma máscara de monstro eu grito. Eu tive que ser retirada de uma peça dessas com pessoas fantasiadas de bicho quando eu tinha SEIS anos.

Seria SuperBom não ter nervos e assim não ficar nervosa. Por outro lado, sem eles você não seria capaz de dizer que está se queimando ou que perdeu uma perna. Segundo os Velhos Filmes Ingleses de Guerra, muitos dos soldados interpretados por John Mills, Etc., não conseguem dizer essas coisas (porque têm Nervos de Aço) e por isso são aqueles Caras Durões Quando São Colocados na Parede.

DICAS: Pessoas que são Super Nervosas tipo eu e o Benjy (aaaaah! Até que enfim!) podem se confortar de saber que são Super Corajosas na verdade, mesmo que seja para acordar de manhã.

NOMES

Enquanto vítima de *E O Vento Levou...*, eu me solidarizo com todos aqueles que têm Encanação com o Nome. Eu fico muito surpresa como os nomes não são levados em conta quando querem explicar por que alguém comete crimes ou enlouquece. Pais que dão o nome dos filhos por causa de heróis e heroínas da literatura Grega (resultando em tragédias tipo uns toquinhos magricelos chamados Apolo) deveriam receber Punições terríveis, como aparecer em Competições de Programas de TV. A Vó Gosling diz que ela quase batizou um dos irmãos da minha mãe de Gerânio porque tinha um num vaso do lado da cama depois que o menino nasceu. Esse é o tipo da coisa que nós somos contra, antes de mais nada. As pessoas com sobrenomes esquisitos geralmente já tiveram que remendá-los um pouco, isto é, alguém com o sobrenome Lunda teve provavelmente ancestrais que já andaram trocando algumas letras.

DICA: Mesmo que você seja uma perfeita vítima do Terrorismo-dos-Nomes, tipo Caio da Rocha, ou um mais sutil, tipo Jacinto Pinto, aprenda a amar o seu nome (quem me dera). Ou como já disse o Groucho Marx: "Você envergonha o nome dos Balançapema — se é que isso é possível".

NORMAL

Como em: "Não se preocupe, é perfeitamente normal na sua idade".

"Perfeitamente normal" é a frase que enriquece Médicos, Professores e Conselheiras Sentimentais.

É Perfeitamente Normal ter espinhas, pesadelos, dor de estômago, Pau pequeno, papadas nos queixos, pais separados, coração partido, Etc. Etc.

Mas só porque outras pessoas possam estar no mesmo barco não quer dizer que uma coisa seja menos ENCANANTE. Se eu tenho espinhas eu não Encano se isso é Normal ou não, eu Encano para saber se tem um tubo de alguma coisa para passar e consertar a coisa, que nem a Moçada com Pais Separados queria ter um tubo com alguma coisa para juntar os dois de novo.

Eu não quero ser Perfeitamente Normal e tenho raiva de quem quer. Eu sou um INDIVÍDUO profundamente Importante, Sutil, Complexo, Brilhante, Torturado, Mal-Compreendido. Ninguém jamais se sentiu como eu me sinto na história do MUNDO, escreveu tantos poemas ou foi TÃO angustiada por causa de Espinhas, Namoro, Etc.

Adolescentes Normais...

... dando uma Encanadinha

Eu gostaria de patrocinar uma Novela de Rádio que fosse assim:

OS COMUNS — UMA HISTÓRIA DO DIA-A-DIA DE UMA GENTE ANORMAL (Musiquinha de Abertura lá-ri-lá-ri-lá).

A família Comum vive numa casa espaçosa, porém aconchegante, com quatro adoráveis filhos adolescentes, coelhos e um cachorro fiel. As crianças dão um Super Duro na escola, são Super Educadas e adoram escrever cartas de agradecimento para os outros. Eles também adoram ficar escrevendo sentados junto da lareira, fazer a comida para o seu cansado porém bem-sucedido Papai, e acompanhar a Família na sua ida à Igreja no Domingo, seguida de um piquenique nas margens de um córrego cristalino. Os meninos jogam críquete com delicadeza. Teck. Clunc. E o Drama se desenrola! Um espinho é retirado da pata de uma criaturazinha peluda, uma bola é recuperada do riozinho murmurante. Pegar o trailer da família, preparar os bifes e biscoitinhos crocantes e depois se deliciar com um jogo de adivinhação em volta do piano.

É uma coisa Super Triste que no final a Família Comum inteira morra de uma Febre Tibetana e todos os seus bichinhos de estimação morram de fome numa lenta agonia, mas não é nada mais anormal do que qualquer outra coisa que vai ter no programa.

NOVELAS

Eu não sei ao certo por que é que em inglês elas se chamam *Soap Opera* (Ópera Sabão). Eu entendo a parte da Ópera, porque elas demoram um tempão para acabar e todo mundo exagera nos mínimos detalhes da trama, tipo mostrando alguém que perde o lenço ou coisa do gênero, e você não consegue entender o que está acontecendo.

O negócio com Novelas é não se AMARRAR. Se você se apaixona por alguém que trabalha em Novela, você enlouquece, rondando estúdios de tevê, escrevendo cartas que eles respondem com uma foto e a assinatura já impressa nela, você fica pensando que eles são a pessoa que interpretam na tela, e tudo por causa de um sujeito que passa o dia inteiro deitado embaixo do carro e que chama as Meninas de "boneca". Se você está amarrada em alguém de Novela, todo dia você poderá ler alguma Coisa Terrível sobre ele nos jornais, tipo que ele sai com três Loiras Gostosonas ao mesmo tempo, mas não é para ninguém dos quatro milhões de pessoas que lêem a notícia contar para a mulher dele, porque eles estão só se divertindo um pouquinho.

NUCLEAR

Geralmente aplica-se a Bombas Super Horríveis capazes de reduzir o planeta a poeira fina, Etc. Tem o suficiente delas construídas para

A Maior Encanação No Quesito Mundo...

explodir todo o Sistema Solar desde a época em que os Capitalistas temiam os Comunistas e vice-versa, mas agora que quase todo mundo quer ser Capitalista elas não são mais desejadas, exceto por pequenos países dirigidos por soldados malucos que querem apavorar seus vizinhos. Eu fico Encanada que a tentativa universal de virar Capitalista vai fazer montes de gente ainda mais Pobre e Sofrida, e ainda menos preocupada se vai ou não explodir todo mundo. Em lugar de Reatores Nucleares (vê se você engole: eco-amigáveis, Chernobyl, Etc.) e Energia Segura e Limpa (tá, conta outra), eu quero Vento, Ondas e Sol todo dia. (Mais uma praia legal, Daniel, Milkshake, Etc.)

Esse é o ponto em que você vai ter que se agarrar ao Banco de Idéias Adolescentes (e provavelmente ao Banco de Idéias dos Nenezinhos também) e trabalhar por um futuro melhor. É um exercício Super Bom, mas leva a quase estourar o ponteiro do Encanômetro, porque ainda é um Super Problemão. Na verdade, o maior do mundo.

NÚMEROS

Eu não gosto de usar camisas com um número ímpar de botões nem de ter 15 anos. (14 era melhor e 13 — aaaaargh — me deixava histérica.) Eu vejo cores nos números, e todos os ímpares são meio cinzento-esverdeados e todos os pares são dourados-rosados. Eu imagino que isso tenha a ver com um tipo de tabelinha de matemática que eu tinha em cima do meu berço. Isso é o que pais exigentes fazem por você.

CAPÍTULO NOVE (Letras OP)

A grande noite! Cinema! Comer! O Daniel e eu somos como se fosse uma pessoa só. Ele disse que gostaria de ver mais de mim, com uma voz Super Excitante. Se não me deixarem ver o Daniel TODO DIA no Feriado do Natal eu VOU FUGIR COM ELE. (Espero que ele venha também.)

Cheguei tarde em casa e os meus pais ainda não tinham chegado! O egoísmo deles é inacreditável. A Aggy em prantos, porque o pai dela vai ficar furioso por ela ter se atrasado tanto. Ela não tinha dinheiro para pegar um táxi e saiu choramingando pela noite.

Pobre Aggy, eu me senti tão mal por ela. Eu estou Super Encanada com os meus pais. Ele chegaram SEPARADOS às 2 e às 3 da manhã. Foi um Esforço Supremo para não descer e perguntar quem eles estavam pensando que eram para chegar àquela hora em casa. Eles estão tendo algum caso com alguém?

O Benjy sonhou que o cobertor era um tapete de pele de urso que ficou vivo e comeu o Horace. Eu o coloquei na minha cama para deixá-lo mais tranqüilo na ausência dos seus únicos pais. Será que ele precisa ir ver um Psiquiatra ou será que é da idade?

OXIGÊNIO

Item essencial para a manutenção da vida no planeta. A Encanação Máxima é: será que VAI ACABAR? Em Londres quase que já acabou, e as pessoas são avisadas para ficarem em casa se não tem pelo menos uma brisa forte. Deve haver alguns outros planetas onde a vida consiga se espalhar Satisfatoriamente sem isso, e todo mundo tenha guelras que nem peixe, ou respire gases nocivos sem problemas. Pode ser que a gente sofra mutações. O Benjy, por exemplo, sempre foi capaz de respirar gases nocivos numa boa, a maioria feitos por ele mesmo.

NOTA: Eu fico viajando se o ar que a gente respira sempre esteve por aí desde que a história começou. Se for assim, desde que você começou a ler este livro você já deve ter engolido um bocado de ar que já entrou e saiu de Hitler, Stalin e Átila, o Huno. Talvez seja por isso que Pessoas Boas de repente Ficam Más. Se você pudesse filtrar o ar e vender como Ar Respirado Apenas por Santos, você poderia fazer uma fortuna (quero dizer, melhorar a humanidade como um todo).

OZÔNIO

No momento, é mais encanante ainda do que o oxigênio, porque o Ozônio é um negócio que age como um protetor solar lá no céu, e impede que a gente esturrique que nem carvão. Está ficando cada vez mais Fininho e Esburacado. Isso porque a gente usa Aerossóis, dirige carros e tem geladeiras, Etc. É uma coisa Super Hiper Egoísta, mas com o transporte público tão ruim, o suor debaixo do braço tão ruim e o perigo de intoxicação alimentar também tão ruim, é difícil sacrificar as vantagens de curto prazo pelo Bem de toda a Comunidade (remorso, culpa, carapuça, Etc.).

Um Bom Governo inspirado pelo Banco de Idéias Adolescentes faria mais algumas leis sobre tais coisas e todo mundo iria chiar, mas depois abaixava a cabeça. Eu, por exemplo, ficaria bem feliz de comer alimentos frescos comprados e preparados no mesmo dia pela minha mãe, se ela ao menos fizesse tal coisa.

Ver também MEIO AMBIENTE.

PACIFISMO

Encanante porque, embora seja Super Fácil ser uma pacifista que nem eu, não é tão fácil assim quando você pensa que o Hitler poderia ter vencido se os nossos avós tivessem ficado catando meleca de nariz. E, também, eu não sou sempre Pacifista. Quando a Alison Shrivel puxou o meu cabelo eu bati nela com uma *Smirk* enrolada, apesar de infelizmente eu ter esquecido que tinha um tubo de desodorante Aerossol enrolado no meio da revista. A única razão de os Garotos Malvados não ditarem todas as regras nos parquinhos é que a Minoria Destemida resiste, e eu tenho uma sensação de que o mesmo acontece com o Resto do Mundo.

É óbvio, se você perguntar para uma criança de 6 anos ou para um jovem de 19 se é uma boa idéia jogar um bebê num caldeirão de óleo fervendo, pode apostar que a resposta dos dois vai ser Não. Mas isso é o que um monte de jovens de dezenove anos fez na guerra do Vietnã, e eles continuam fazendo coisas do gênero em todas as guerras desde então. Essa é uma daquelas Super Charadas, quero dizer, a diferença entre o sujeito Bem Legal, Bonzinho e que ajuda escoteiros a escapar dos cascos dos cavalos, Etc., e o mesmo indivíduo no meio de uma Multidão Enfurecida, que é o que o exército acaba virando freqüentemente quando pensa que ninguém vai estar olhando.

NOTA: A minha mãe incentiva o Benjy a descarregar sua "agressividade latente" num saco de feijão. Do mesmo modo, os Fabricantes de Armas podiam inclusive utilizar todo seu pessoal para fazer uns Imensos sacos desses e colocar nas fronteiras dos países.

PAIS

Fonte inesgotável de Encanação para o adolescente comum, que ou não tem o suficiente deles (isto é, famílias de um pai ou uma mãe,

Oh aquela Kylie podia ter-me vencido se houvesse usado certo as suas cartas. HAR! HAR! HAR!
A JÚLIA DISSE QUE EU PAREÇO JOVEM DEMAIS PARA SER SUA MÃE
Mas querido, só porque ele é filho do seu chefe não quer dizer que ele seja SEM GRAÇA...
Quando eu tinha a idade dele eu trabalhava vinte e cinco horas por dia por uma tigela de cocô de rato gelado xxx

EU ME PERGUNTO POR QUE VOCÊS, CRIANÇAS, NUNCA LÊEM UM LIVRO QUE PRESTE

Você está me dizendo que LATIM não consta do CURRÍCULO?
Você não pode sair assim vestida como uma MERETRIZ

órfãos, Etc.), ou tem demais (isto é, segundos e terceiros casamentos, padrastos sacanas, Etc). Padrastos sacanas são na verdade mais comuns do que Madrastas sacanas, apesar da propaganda que se faz nesses contos de fada Super Sexistas (e até no dicionário do meu pai, publicado em 1976, tem lá Madrasta como "pessoa má e negligente", mas não tem Padrasto). Normalmente os padrastos não são nem um pouco interessados em seus enteados, e só querem ficar Passando a Mão nas Coitadas das Mães, o que é Super Nojento para um filho ou uma filha que se dão ao respeito (para saber mais sobre isso, ver *Hamlet*, o que prova mais uma vez a relevância do Velho Teatrólogo para a Moçada dos Dias de Hoje). Eles também às vezes dão uma de gostosos com os filhos ou filhas, numas de que não é incesto se você não for parente. Ninguém deveria agüentar uma coisa dessas nem mesmo por um milésimo de segundo.

Ligue imediatamente para o SOS-CRIANÇA E ADOLESCENTE se qualquer coisa desse tipo acontecer com você por causa de QUALQUER engraçadinho!!!! NOTA: Para ser Honesta, é preciso acrescentar que existem Padrastos e Madrastas Super Legais e um monte de Pais Naturais Super Terríveis, como a maioria das Adolescentes Encanadas sabe perfeitamente.

Mas, mesmo na sua família comum e anormal de dois pais casados entre si, eles já são uma encanação e tanto. Eles fumam e bebem demais, eles ficam fora até Super Tarde e você não consegue dormir de preocupação. Eles têm períodos terríveis de ataques depressivos profundos. Eles ficam de bode no café da manhã com as cabeças enfiadas no jornal. Eles são obcecados com: A Recessão, perda de cabelo, emprego, barriga, Ansiedades, Etc. Eles estão SEMPRE no banheiro quando você precisa, são neuróticos com segurança mas não instalam cinto de segurança no banco de trás de seus carros. Eles não dão a mínima para o meio ambiente, e não se dão ao trabalho de reciclar as garrafas, os jornais ou os selos, ou mesmo de prepararem adubos orgânicos para os vasos em suas janelas. Quando eles não estão enxugando a garrafa, estão tomando chá e café em níveis alarmantes.

Eles são egoístas e têm Super Pouco tempo para qualquer um senão para eles mesmos. Eles são Irracionais e Temperamentais, ouvem Músicas Horríveis, não têm a menor idéia do valor do dinheiro, passam horas no telefone quando você está esperando uma ligação Super Super Hiper Importante, ou não pagam a conta e o telefone é cortado quando você está esperando uma ligação Super Super Hiper Importante. Eles são Super Hiper Exigentes, sempre estão pedindo para você fazer alguma coisa para eles e ser simpático com os amigos e parentes deles. Eles estão sempre cansados.

Às vezes fico pensando por que a gente tem eles.

PANDAS

Super Encanante. Bicho trágico, porque é Super Fofinho mas, é o que parece, não muito chegado em Fazer Aquilo para sobreviver. A dieta de bambu provavelmente não ajuda, uma ida ao McDonald's mais próximo parece muito melhor.

PARENTES

Essas são aquelas pessoas que você não vê o ano inteiro até chegar o Natal, e então você entende por que você não os vê o ano inteiro.

Eles gostam de te dar Bonequinhas apesar de você já estar com QUINZE anos e às vezes te dão uma moeda e agem como se tivessem feito algo que vai mudar a sua vida.

Eu acho que as pessoas passam por testes para se tornarem parentes, onde aprendem a fazer perguntas Super Cretinas e não esperar pela resposta, conversar sobre gente de quem ninguém nunca ouviu falar, ficar Super Super Hiper Interessadas em qual é o melhor caminho da casa delas até a sua, ficar até tarde e comer todos os salgadinhos.

Mas essas pessoas podem trazer algum consolo, porque elas têm narizes ainda mais pontudos do que o seu, o que faz você dar graças. E elas provavelmente te acolheriam se toda a sua família morresse num desastre de avião. Não que isso alivie a Encanação com Voar de Avião, ao contrário, faz tudo ficar ainda pior.

PATRIARCADO

Isso é um sistema no qual o Pai é o Manda-Chuva da Família e o Homem é o Manda-Chuva do Mundo. Até recentemente era o que acontecia em toda parte, mas as famílias de pai ou mãe sozinhos, os maridos donos-de-casa, mulheres Primeira-Ministra, Etc. estão mudando as regras. Antes havia coisas chamadas matriarcados, quando as mulheres estavam por cima, eu não acharia mal se isso voltasse, mas um sistema melhor seria um onde todo mundo fizesse um pouquinho de tudo, tipo mandar, cavar, lavar, trocar fraldas, jogar futebol (grrr).

Um monte de meninos ainda ficam super encanados que seus paus vão cair se eles cuidarem de criança ou costurarem um botão. Isso é uma coisa super estranha, porque a ciência já provou que o Pau é firmemente afixado.

PAUS

Que nem os peitos, os Paus vêm em diferentes formatos e tamanhos, todos eles perfeitamente NORMAIS. Mas como já vimos antes, ser

prefeitamente Normal não é exatamente um Super Conforto para a pessoa, e eu lamento ter que dizer, mas a maioria dos Meninos Encana mais com seus Paus do que com a Situação do Universo, Guerras, Paz, Etc.

Encanados precisam saber que o Pau Em Repouso não tem nada a ver com o Pau Acordado com relação ao TAMANHO, por isso todos aqueles babacas que tiram um sarro dos amigos no banheiro fariam melhor se esperassem até ver o Pau Acordado.

Também, Paus podem ser Super Tímidos, de modo que apesar de o seu ter ficado inconveniente no ônibus, no chá com a Tia e a Noite Inteira enquanto você não tinha ninguém para compartilhá-lo a não ser os lençóis recém-lavados da sua Mãe, pode ser que ele te deixe na mão justamente quando a Sandra, por quem você estava Esperando ansiosamente, passa um dedo atrevido pela sua perna até em cima.

Enquanto irmã, até hoje eu só vi dois Paus Em Repouso, mas já vi um bocado de calças apertadas (MAIS propagandas de LEVI'S 501 JÁ!) e olha que eu tenho uma boa imaginação. EU sou Super Hiper

O Pau Em Repouso

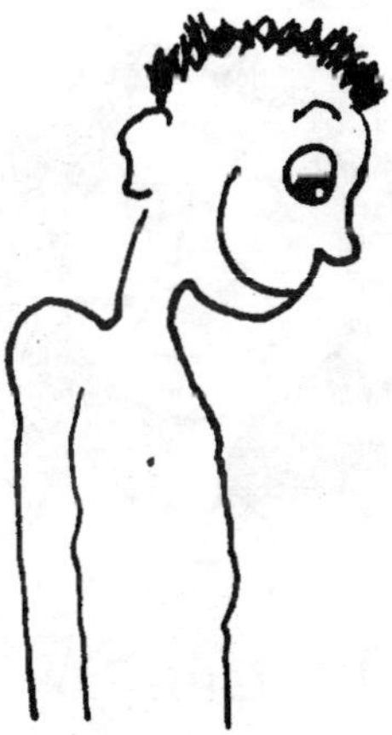

O Pau Acordado

Sortuda (e a única Garota que eu conheço) de nunca ter visto um desses Exibicionistas Pelados Em Baixo De Uma Capa. É Super Injusto que não deixem a gente ver fotos de Paus Acordados, sendo que é permitido ver todas as Partes das Mulheres em qualquer Banca de Esquina. Particularmente, eu preferiria não ver nenhuma das duas coisas, mas este é um Mundo Super Sórdido onde Exibicionistas vagam pelas ruas matando de susto as pessoas, enquanto a gente não pode sequer ver fotos, o que seria uma questão de Escolha. (*Trata-se de uma clara indicação de que Letty tem uma existência bastante protegida das coisas da vida. Seus olhos ainda não caíram sobre as prateleiras superiores onde estão as* Playgirl. *Nota do Editor*)

Para saber mais sobre Encanações com Paus, ver EJACULAÇÃO PRECOCE, EREÇÃO, ESPERMA e SEXO.

PELE

Película fininha que mantém você dentro do seu corpo. Eu antes era Super Encanada com me cortar quando eu caía, mas a Idade e o Playground me curaram disso. Agora a Grande Encanação é como está a

Até mesmo Adolescentes na flor da idade podem ter linhas-entre-o-nariz-e-a-boca. DICA CHUBB: Durma com fita adesiva sobre elas. Hey, Abracadabra! Elas sumiram! (Lá pela hora do almoço elas estão de volta)

sua pele. A Minha Mãe é Super Antipática e fala "espera até você ter rugas e umas partes caindo, aí você vai ver o que é ficar Encanada".

É estranho que ninguém tenha inventado ainda uma pele sintética que você pudesse esticar em cima da outra para ocasiões especiais, mas eu só espero que em breve a Aggy invente uma, e aí eu vou poder comercializar a coisa toda e dar a ela uma gorjetinha (hah! hah!). Ver também ACNE e COSMÉTICOS.

PERNAS

Usar duas pernas em vez de quatro que nem a Rover (e, até recentemente, o Benjy) colocou a gente em vantagem no jogo do Reino Animal, uma vez que assim os braços ficam livres para a Caça e a Colheita, Carícias Apaixonadas, coisas tipo Faça-Você-Mesmo, Etc. Mas, embora as pernas sirvam para deixar o resto do seu corpo desenvolver um estilo de vida livre, leve e solto, você jamais saberia que é para isso que elas servem depois que você fica uma Menina crescidinha num Mundo dos Homens. Primeiramente, as meninas estão sempre, e isso não acaba nunca, depilando as pernas (ver SOVACOS), em segundo lugar, embora elas fiquem cheias de marcas de batida por causa do corre-corre da vida, os seus joelhos devem estar sempre parecendo mármore polido por milhares de artesãos, e depois você deve cobri-las com algo bem sedoso que sempre puxa um fio na primeira vez que você põe.

Se você não sucumbir a essa coisa toda e usar calça comprida e meias que nem os meninos, você vai estar sempre numa boa para quase qualquer situação. Mas virão os casamentos, festas chiques, etc., e alguém mais cedo ou mais tarde (normalmente a sua mãe) vai te dizer "Por que você NUNCA VAI DE VESTIDO?" Se você acha que isso não se aplica ao seu caso e que hoje em dia a gente pode ser do jeito que a gente é, mostre-me alguma mulher famosa numa Situação Importante, no Parlamento, inaugurando hospitais, Etc., usando calça comprida. Eu tenho pernas de menino, de qualquer forma. Eu fico pensando se eu não estou me transformando num hermafrodita, com isso e os dois pêlos que crescem no meu peito e a ausência de peito.

PESCOÇOS

SuperImportante para ficar se enroscando no pescoço do seu amado (isto é, pescoçando). Eu lamento pelas pessoas atarracadas sem pescoço, mas o meu é tão mole que é Super Difícil ficar com a cabeça erguida, que nem os flamingos que são tacos de criquet em *Alice No País das Maravilhas*. Antes eu ficava medindo todo dia, porque eu morria de medo de estar virando um. Mas definitivamente ele não cresceu mais nos últimos oito dias, então eu não vou medir mais durante uma semana.

Estaria eu virando um Flamingo?

PINTURA

Eu sou Super Encanada com o desejo obsessivo da minha Mãe de pintar em vez de cuidar da gente. Eu sei que eu sou Feminista, mas existem limites quando você chega em uma casa que está um gelo, com o seu pai largado em cima de uma pilha de jornais e o teto da cozinha caído, e o coitadinho do seu irmão menor (aaaaah meu deus!) está chorando porque quer sua torrada e seu mingau.

Está na hora de mais mulheres partirem para o atraque (*não haveria um erro aqui? Nota do Editor*) e acabar de uma vez com a hipocrisia dos velhos quadrinhos de paisagem. Mas você acha que a minha mãe pinta uns Adônis cobertos de flores sensuais? Não, ela faz umas bolonas que parecem uns monstros vistos em microscópio.

POLÍTICA

Uma vez que a maior parte da Moçada de Hoje em Dia não se interessa por Política (incluindo *Moi*, até que eu comecei a escrever este livro e me toquei que a Política afeta tudo inclusive como clarear manchas de pele e quanto dinheiro, casas, etc., você pode esperar ganhar), eis aqui o GUIA DOS SAFADOS de Letty Chubb.

O FASCISMO começa com um grupo de pessoas culpando outro grupo, geralmente estrangeiros, por tudo o que há de errado. Então acabam com eles e depois começam a se atacar entre eles mesmos. Quem vence vira Ditador, queima bibiliotecas, faz os trens chegarem na hora, alista todo mundo no exército e tortura os que sobrarem.

Isso pode levar ao COMUNISMO, onde os pobres se levantam, destróem coisas como carros de gente rica e aí lêem para elas uns livros Super Importantes que eles deram um jeito de guardar debaixo do colchão, até que os ricos entendam como é Ruim ter mais coisas do que os outros. Quando todas as coisas dos ricos forem distribuídas entre os pobres, ninguém mais vai ter que trabalhar e o Governo desaparecerá. Fábricas que constróem qualquer coisa de útil desaparecem também, porque ninguém tem uma razão forte o suficiente para fazê-las funcionar, então ninguém mais tem nada, e então alguém tem que ser Ditador, tudo outra vez.

Ou, você pode ter DEMOCRACIA, que significa Uma Pessoa, Um Voto. Nesse sistema você pode ter:

SOCIALISMO (que é o que o Partido Trabalhista costumava defender). Onde as Pessoas Comuns ainda têm Voz, mas só para ler os tais Livros Super Importantes, e assim tentar Convencer os Ricos a liberar alguma grana antes que tenham seus carros destruídos, Etc. E assim tudo será mais justo e nós todos vamos ter chances iguais de receber educação, assistência médica, essas coisas. Os Ricos não gostam dessa história, então eles preferem:

Nota do Editor: Não seria "Felicidade"?

CONSERVADORISMO (que é o que o Partido Conservador costumava defender). Onde os ricos se levantam e lêem para os pobres jornais Super Importantes, como o Super Sensacionalista *The Sun*, que mostram aos pobres como eles estão mais seguros sendo governados por Pessoas Que Sabem Como Fazer As Coisas, deixando de lado essa chatice de Política e se concentrando na Página de fofocas, Futebol, Etc. Isso irrita os bons corações dos Moderados, que optam por:

LIBERALISMO, que é quando os moderados sentam para conversar com os Ricos sobre como eles deveriam ter um tiquinho de nada a menos do que têm, e com os Pobres sobre como eles poderiam ter um tiquinho a mais.

Acho que o Winston Churchill talvez estivesse certo quando ele disse que "A Democracia é a pior forma de governo — exceto por todas as outras".

Ver também MEIO AMBIENTE, IDÉIAS, SENTIDO DA VIDA Etc. Etc.

PONTOS ERÓGENOS
Costuma-se considerar as pontas das orelhas, lábios, nuca e qualquer parte do seu corpo que te deixa ligado quando acariciada por alguém que você gosta que te acaricie. Quando eu estou perto do Daniel, eu incluo os meus cílios, polegares e nariz.

PREPÚCIO
É uma pequena prega de pele que forma que nem um anel de pele na ponta do Pau dos Meninos. Se você é judeu ou muçulmano, geralmente eles cortam fora quando você é bebê. Às vezes tem que ser tirada quando o menino é mais velho, devido a infecções, mas é Super Raro. O Basil da 4ª série B costumava desenhar caricaturas na pelinha dele, mas foi mandado para um Psiquiatra depois que tirou uma polaróide desses desenhinhos e colocou embaixo da placa da porta do Diretor.

PROFESSORES
Encanação do tipo Super Grande, especialmente agora que o Governo decidiu que eles não são capazes de fazer seu trabalho direito e assim, em vez de prepararem melhor os professores e darem uma grana decente para eles, estão despejando eles nas escolas só para zonear as aulas e serem treinados por outros professores que deveriam estar ensinando a gente, e não eles. E tem mais, se os professores desde o começo não eram capazes de ensinar, então por que eles estão ensinando outros professores? Hein?

Se você é do tipo Super Educado e Puxa-Saco de Professor, eles rapidinho vão considerar você Super Hiper Inteligente, o que leva a boas notas no trabalho final e você poderá passar de ano só nessa base. Também escreva com uma letra Super Bonitinha (difícil no caso de *Mol*, cuja letra parece umas Aranhas transando com uns Hipopótamos) porque assim, mesmo que você tenha colado eles vão dizer "Excelente Trabalho", e tudo correrá bem até Vinte Anos mais tarde, quando o País for à bancarrota, os médicos perguntarem uns para os outros o que é um apêndice, e o Primeiro-Ministro tiver que tirar umas folgas e viajar para o Japão para fazer uns cursos, Etc.

Professores que eu conheci

Conforme o Kevin tão habilmente demonstra, a aerodinâmica dos aviõezinhos de papel foi infelizmente negligenciada.
QUEM DISSE ISSO?

Não Karen. Ele vagava solitário como uma garça não. numa praça... é claro, sim, querida, você pode se sentir só numa praça... mas o poeta disse garça. Não. Não. Eu não sei por quê. Ele apenas disse. Bem, se você insiste, eu suponho que possa ter sido praça. O quê? Desculpe. Perdão? Então o que ele teria dito sobre os narcisos? Ahn?...
HMM-BEM, NÓS NÃO QUEREMOS SAIR PELA TANGENTE, NÃO É MESMO?

O Professor mais importante é o Professor-Chefe ou Diretor. O nosso é o Sr. Hesseltine e ele acha que dita as regras com Mão de Ferro, mas que "é um Durão De Coração Mole". Ele faz de tudo para que você pense que ele compreende a Dor e a Delícia da Juventude, Etc., mas fica com uma Super Cara de Bobo com aqueles jeans e camisa cor-de-rosa, e depois que apareceu um retrato não muito legal dele no banheiro das meninas (não fui eu, eu juro) ele teve o bom senso de perceber como era ridículo. Eu não gosto da idéia de ele ter entrado no banheiro das meninas, mas tirando a mania que ele tem de pigarrear como se estivesse fazendo gargarejo com cimento úmido enquanto cita o Kahlil Gibran, ele não é tão Ruim quanto outros, por exemplo a Diretora Substituta Senhorita Peidros. (Talvez o nome dela explique porque ela não gosta daqueles de nós que dão uma esquecida nos "erres". Hah!)

A Senhorita Peidros foi contratada para fazer o máximo de alunos passar na prova para as Universidades (depois que a Minha Escola ficou como a terceira pior na Exposição das Piores Escolas de Londres em 1989). Desde então as coisas melhoraram tremendamente, mas a que preço? A primeira coisa que a Peidros fez foi mudar os critérios de aceitação de alunos (isso é igual quando o Governo muda a quantidade de votos necessários para conseguir mais cadeiras do seu partido, mesmo que menos gente tenha votado neles) e agora um quarto da Escola é Classe Média (quase). O próximo passo dela foi evitar qualquer contato com os Sujos, Matadores de Aula e Burros, e assim eles todos saíram e foram parar em escolas de periferia, da Igreja, ou em Reformatórios, no Serviço Secreto, Escola de Cadetes da Polícia, Etc. Atualmente ela está tentando acabar com qualquer tipo de diversão. Ela nunca se divertiu na vida, por que os outros deveriam?

DICAS: Os Professores aparecem em tipos-fáceis-de-classificar: NÃO-TÃO-JOVENS-MAS-SUPER-A-FINS-DE-ESTAR-NA-MODA: Camisas cor-de-rosa, jeans, medalhão opcional (urgh). São louquinhos para falar de "música pop" e "sexualidade" em vez de dar aula. Estão sempre querendo saber se você tem alguma coisa para contar a eles que está realmente atormentando a sua ALMA. É fácil conseguir licença para ir embora para casa com estes tipos, especialmente por causa de Coisas de Menina...

POLÍTICOS: Jaqueta vinho ou vermelha. Distintivos. Homens de cabelo comprido, mulheres de cabelo curto e espetado. Ótima diversão, tipo se você menciona Opressão ou Sexismo, eles ficam Super Hiper Interessados em você e a aula vai passando pacificamente, enquanto se conversa sobre Como o Mundo É Injusto.

ARTÍSTICOS: Saias compridas floridonas ou calças boca-de-sino. A maior diversão de todas, porque esses ficam Super Envolvidos com o seu Potencial Criativo, isto é, um rabisquinho para enfeitar que você fez na margem da lição, especialmente se for algo abstrato, pode absorver mais atenção do que uma ortografia não tão Super Boa.

PROFUNDOS: Ocupados demais com seus pensamentos para ligarem para a própria aparência, e freqüentemente muito mais interessantes para ficar observando do que qualquer coisa no zoológico. Um exemplo é: calças de lã xadrez, galochas, uma blusa de gola rolê e pérolas de bijuteria. Geralmente são Super Simpáticos e Vagos. Rabisque como no caso acima e tente inserir alguns ASPECTOS FREUDIANOS, e mais, se a aula está ficando pentelha, mencione o *Continuum* Espaço-Tempo ou como um grão de areia é Super Interessante. Este tipo não percebe se você está dormindo.

VIGOROSOS: Calças de tweed ou bermudas. Não mencione o *Continuum* Espaço-Tempo. Fazem você trabalhar Super Rápido, nada de gracinha, escreva-direito-vá-tomar-um-pouco-de-ar-lá-fora-pare-de-andar-pra-lá-e-pra-cá-trabalho-é-trabalho-brincadeira-é-brincadeira-etc. Se você escreve bastante e não perde tempo pensando em mais nada, este tipo até que é Bem Fácil. Estão sempre com um sorriso Super Animado não importa o que tenha acontecido, e se todo mundo se ferrar na prova final porque ninguém entendeu nenhuma questão eles não se abatem. "Vão fazendo as outras", eles gritam, sem nenhum medo e vivendo para mais um dia de luta, Essas Coisas.

CIENTÍFICOS: Óculos, parecem personagens de *Twin Peaks*, não põem a camisa para dentro da calça. Não restam mais muitos desses que sejam compreensivos em Londres, mas são Super Bons se você ficar enrolando fazendo aviões de papel, porque eles ficam Super Entusiasmados com Aerodinâmica, acúmulo de Energia Livre, Salvar O Planeta etc. Super Inspiradores, como a maioria das espécies ameaçadas.

TRAPACEÁVEIS: Estes são os Substitutos e os Novos, e se todo mundo ficar fazendo "mmmm" baixinho eles vão achar que é o aquecedor e você pode perder uma aula inteira nessa, enquanto eles tentam consertar o motor. Eles também sentam em Almofadas que soltam Peidos, etc., sem reclamar.

LITERÁRIOS: Este tipo é sempre Super Alto e Magro (não me pergunte por quê) e parecem Encanados, apesar de terem seu consolo na frase bem pronunciada. Este é o tipo que eu gosto mais, porque eles entendem as Profundas e Purulentas Encanações da Alma Criativa. Se você usar muitos adjetivos e aliterações e escrever sobre assuntos Super Profundos tipo A Última das Últimas Colas de Prova eles ficarão nas nuvens, mesmo que na ocasião estejam dando Biologia.

NOTA: Puxar o Saco de professor é uma ARTE. Primeiro, ninguém (principalmente o professor, hah!) precisa saber que você está fazendo isso. E depois que você virar mestre na coisa (sorriso animadinho para o Vigoroso, olhar Angustiado para o Moderninho etc. etc.) você pode se safar até se cometer Assassinato. Jamais desconfiarão de você se alguém espirrar Spray de Peidos na sala dos professores.

✓ 10/10

PROVAS

Resultado de prova é uma coisa tããããããããããããããão Encanante que eu não consigo pensar nisso sem ficar com os pelos todos arrepiados até nos PÉS! Eu estou guardando as minhas maiores Encanações nesse campo para o ano que vem para o caso de eu entrar em combustão espontânea. Terror de Prova é quando você senta para escrever e percebe que esqueceu o alfabeto. Isso afeta um monte de Adolescentes Encanados perfeitamente capazes e então eles acabam destinados ao Departamento de Limpeza Pública, Ferro-Velho, Etc., para sempre.

As coisas melhoraram um pouco depois que as notas passaram a vir mais dos trabalhos (embora seja Superfácil trapacear, e muitos pais preocupados escrevem tudo e os filhinhos só copiam, incluindo ERROS DE GRAFIA forçados para parecer de verdade, URGH). Bem que eu gostaria que os meus pais se importassem comigo a ponto de dar uma força dessas, mas tudo o que eles fazem é se lamentar da falta de dinheiro e do trabalho deles, como se o MEU trabalho não fosse vital para a futura infra-estrutura da nação.

Se eu sucumbir ao Terror de Prova eles vão Super Lamentar de não terem trapaceado.

O Terror de Prova Toma Muitas Formas

CAPÍTULO DEZ (Letras QRS)

Recebi uma carta longuíssima da Vó Gosling numa letra Super Garranchuda. Eu tive que pegar emprestada a lupa do Benjy para ler. Ela só ficava falando que eu tinha que colocar em primeiro plano os meus deveres da escola (lamúria lamurienta) e não me atirar em cima do primeiro homem que aparecer. (Como a minha mãe fez.) Eu não acredito que a minha mãe já falou do Daniel para ela. Isso me insulta.

Eu já decidi que o único jeito de manter a minha família unida é fazer deste livro um best-seller. Eu vou fazer a Vó Gosling dar para todas as netas das amigas esnobes dela. Ela pelo menos tem dinheiro o bastante para comprar uns dez, o que já seria um bom começo.

Meu pai anda Super Super Hiper Infeliz. Ele está achando que a minha mãe Está Saindo Com Alguém, e isso está forçando o meu pai a Afogar Suas Mágoas. Ela diz que não, mas é praticamente certo que ela vai acabar fazendo isso se ele não chegar junto. (NOTA: ver origem da expressão, aposto que é baixaria.)

O meu irmão Ashley ligou para dizer que vai se casar.

A minha mãe teve um ataque. O meu pai falou que pelo menos a garota tem dinheiro. E a minha mãe falou que é a mesma coisa que ele pensava dela. Eles quebram o pau por qualquer coisa agora, e ainda mais por causa do banheiro. O meu pai arrancou as torneiras da pia para um artigo que ele está escrevendo para uma revista de Faça-Você-Mesmo.

Mandei para o Daniel uns pedaços deste livro. Eu tirei as cartas dele que estavam debaixo do meu travesseiro porque me faziam espirrar. A loção pós-barba (SIM! Ele faz BARBA! Desmaaaaio) dele é um bocado forte. Li mais um pouco da Grande Obra do Meu Pai. O relacionamento do Homem no Barraco com seu cão está ficando bem íntimo. Eles se Comunicam numa linguagem Inédita na Literatura. O cão ensina ao Homem a Seguir Rastros e Ir em Busca do que Comer, e o Homem ensina ao bicho a afiar gravetos com os dentes. O Homem começa a sentir que está em contato com um Velho Espírito com o qual ele pode Aprender Muito. Penso eu: Será que esse é o mes-

mo Rapaz Revoltado que detonou o marasmo da Literatura com Subindo na vida*?*

QUIROMANCIA

A Aggy e eu fomos ler as nossas mãos neste verão. A mulher era uma descendente direta da Cigana Rosa Lee, e o homem que saiu antes da gente disse que ela era brilhante. Ela era, entre outras coisas. Ela me disse que havia dois homens na minha vida, um moreno e outro de cabelos claros (Brian e Daniel, vou desmaiaaaaaar) e que um deles viria a ser alguém Super Importante para mim (que Super Verdadeiro). Que eu iria atravessar alguma água em breve (eu teria que voltar passando pelo porto, portanto ela estava certa quanto a isso também) e que, embora ela já esperasse que eu não fosse levar muito a sério o que ela iria dizer (nesse ponto eu fiquei Super Nervosa) ela me daria alguns Conselhos Muito Sérios (nessa altura eu já estava dura de

pavor). Ela via que eu era muito dura comigo mesma e que eu deveria pegar mais leve e parar de ajudar tanto os outros e me preocupar um pouco mais comigo. Mas que Super Hiper Verdadeiro e gentil e perceptivo da parte dela.

Mas o meu entusiasmo broxou completamente quando a Aggy disse que ela tinha falado EXATAMENTE as mesmas coisas para ela. E na vida da Aggy não tem homem nenhum! Para ela também a mulher disse para pegar mais leve e tal.

Eu ando Super Encanada com a minha linha da vida, de qualquer jeito. E também com a minha linha do destino, que não existe e significa que eu não vou ter uma carreira... Bem, eu sei que pode ser um pensamento Super Pavoroso e eu sou quase que supersticiosa demais para dizer, mas fico imaginando se alguma cigana já leu a mão de, hum... bem, de pessoas que já não estavam mais RESPIRANDO, para ver se a linha da vida indicava a hora em que ela tinha apagado.

RACISMO

O John Arlott, que aparentemente era um comentarista de Críquete do rádio, morreu recentemente e o meu Velho pôs uma faixa Preta no braço. Quando perguntaram para o Arlott, numa ficha que ele teve que preencher na África do Sul, qual a sua raça, ele escreveu "HUMANA". Super Legal.

Origens Étnicas podem afetar as suas chances de se tornar Ministro do Gabinete Civil, Juiz, Chefe da Indústria, Etc, Etc.

Quando eu estava no Primário a gente teve uma professora que disse para toda a classe não falar com nenhuma criança de olhos azuis durante um dia inteiro. No dia seguinte ela fez o mesmo com pessoas loiras. Todo mundo ficou Super Irritado, mas foi um jeito Super Inteligente de ensinar a gente que as cores que a pessoa tem não fazem a menor diferença para o que elas são.

Um amigo do meu Pai veio das Antilhas para a Inglaterra nos anos 50, quando tinha doze anos. Nessa época, ele já tinha lido tudo do Charles Dickens e de Shakespeare (!!!!), mas quando ele chegou por aqui todos os garotos brancos (que mal conseguiam ler uma tira do Garfield) perguntaram a ele por que ele não usava um osso atravessado no nariz e nem vestia uma saia de capim! Ele nunca esqueceu isso.

Agora as coisas são um pouco melhores, segundo a Aggy, mas nada que chegue perto do ideal. É Super Superhiper Assustador e uma Super Super Encanação que alguns adultos sejam tão estúpidos, mas esperamos que o Banco de Idéias Adolescentes vá mudar toda essa coisa, apesar de que alguns vândalos das Últimas Séries me façam lembrar do Hitler. (E um monte deles nem sabe quem foi Hitler! Se Liguem, Educadores das Novas Gerações — pelo menos se querem que a Nossa seja melhor do que a Sua.)

RADIOATIVIDADE

Super Super Super Super Super Super Hiper Encanação, porque VOCÊ NÃO CONSEGUE VER. Um bocado disso se espalhou por todo lado quando a usina russa explodiu, e sempre rola um papo de que as crianças que moram perto de usinas nucleares ficam doentes. Eu estou sempre olhando num catálogo (desses que você pede as coisas pelo reembolso) do meu pai para ver se acho uma daquelas coisinhas que apitam e medem a radioatividade, mas eu nunca vi anunciarem. Será que é porque o Governo tem medo que a gente saiba a VERDADE?????

Ver também NUCLEAR.

RATOS

Tem uma praga de Ratos nos esgotos de Londres. Um até apareceu na nossa casa no ano passado, e ficou dando umas voltas na sala para assistir programas sobre o Mundo Animal na TV, Etc. O pessoal do controle de pestes usa uma espécie de esquadrão disfarçado de bicho, são uns Caras Super Pequenininhos com bigodes de gato. Não fique com pena dos Ratos, a não ser que você seja Budista. O Meu pai finalmente conseguiu acertar o nosso com uma barra de ferro, mas ele ficou tão Chocado com a experiência que não conseguiu trabalhar durante uma semana. Se não fossem as minhas alergias eu faria mais desses trabalhos domésticos.

RAINHA

É Super Triste crescer e descobrir que você nunca vai se casar com um Príncipe e ter um monte daqueles Cães Magrelos. Ver FAMÍLIA REAL.

RECESSÃO

Alguém disse uma vez que se todos os Economistas fossem deitados, pé de um com a cabeça do outro, eles poderiam chegar à China, mas não a uma conclusão, e é provavelmente por isso que os adultos discutem sobre "A Recessão" e suas causas com tanta, ahn, veemência. Adolescentes Encanadas tipo *Moi* adorariam ter tudo isso bem explicadinho, uma vez que a gente pode perder o nosso teto e ter que mendigar. Um monte de gente já está nessa e não parecem bons candidatos para entrevistas sobre "A Felicidade".

A Rover, desencanada.

DICA: Ganhe Muito Dinheiro. Qualquer idéia nessa área, por favor mande para mim aos cuidados da Editora. Ver também DINHEIRO.

REFÉNS

Às vezes eu Encano que, se eu fosse seqüestrada, a única atitude que os meus pais tomariam seria alugar o meu quarto, como já escreveu certa vez o Woody Allen. As pessoas às vezes são pegas como reféns por grupos terroristas, apesar de a situação agora quando escrevo já estar melhorando um pouco, mas ainda deixa uma Encanada Profissional que nem eu pensando duas vezes antes de ir além do raio de ação do meu passe escolar. Eu já alertei o Benjy sobre isso e ele agora Encanou que pode ser perigoso ir visitar a Vó Gosling em Edimburgo. Eu não acho que os Escoceses estejam assim tão mal com a gente, mas se eles não conseguirem ter um Governo Próprio logo, quem sabe?

RELIGIÃO

Antes tinha só uma grande religião neste país envolvendo Jesus, mas agora tem várias e você pode escolher.

Religião: Estilo Jardim da Infância. Será que vai continuar assim depois?

Eu estou ficando bem ligada no Budismo, mas os Deuses Gregos também têm um grande apelo (isto é, se um Deles não gostar de você, você pode apelar para Outro).

Eu sempre tive uma Crença Super Simplesinha, meio que nem aquelas dos livrinhos de criança, mas quanto mais eu olho para esse Vale de Lágrimas que a gente habita mais eu fico Questionando. Acho que talvez eu esteja virando uma Humanista, que é meio que nem ser uma Cristã mas sem Deus. Mas se isso acontecer, eu vou sentir um pouco de saudades de Deus. Isso me deixa chateada.

Escolas como a Minha acham que podem passar batido nesse problema, ignorando a Religião o máximo que puderem. Existem coisas para dizer sobre isso, mas quem não é Religioso não pode fazer nada.

Mas, já que se matam mais pessoas em nome de vários Deuses do que por qualquer outra razão, eu acho que o melhor que os Educadores da Juventude poderiam fazer é tentar explicar por quê. Se Jesus pudesse ver isso que está acontecendo, ele iria se sacudir em sua tumba.

Ver também DEUS e REZAR.

REVISTAS

Compre uma e, antes que você perceba, três horas se passaram. Se você somar a quantidade de tempo que eu passei lendo artigos idênticos sobre maquiagem, encontros, música, horóscopos, etc. etc., eu poderia ter ajudado ainda MAIS velhinhas a atravessar a rua do que com o tempo que eu gasto olhando no espelho. Isso é super encanante, mas a gente precisa ter os nossos prazeres, e o que seria desta carcaça mortal se a vida inteira fosse só dever. O que eu seria sem a minha *Smirk* (tipo *Capricho*, *Querida* etc.) Etc.

Tenho as minhas suspeitas de que eu teria muito mais DINHEIRO.

Eu teria também muito menos brindes de creme para o rosto, xampu anti-caspa e delineadores que vêm de GRAÇA colados na capa dessas revistas. Mas o vício é uma coisa de família. Com o meu pai são os Jornais. Ele me enche por causa das bobagens que eu leio.

Antecipação

Frustração

Uma semana depois: Esperança Renovada

Mas olha o lixo que ele lê, e tudo escrito por carinhas de Oxford com seus paletós esporte! Mais de 4 milhões de adultos lêem jornais sensacionalistas, o que sugere que a Raça Humana talvez não mereça ser salva por tipos idealistas que nem o Daniel e *Moi*.

Ainda assim eu tenho em mente resistir às seguintes tentações no Ano Novo:

"16 DICAS SENSACIONAIS DE MAQUIAGEM", "ARRUME-SE NOS TONS DA MODA!", "FAÇA TODOS OS SEUS SONHOS MALUCOS VIRAREM REALIDADE!"

Porque embora essas manchetes estejam em todo santo número dessas revistas, os meus sonhos mais malucos não viraram realidade, e eu desafio essas revistas a nos darem o número do telefone das pessoas que possam provar o que eles afirmam. Eu aposto que eles não podem (espumando, pssst, quieta, búúú).

REZAR

A partir do momento em que eu saquei que os dois exércitos numa guerra rezam para ganhar (e freqüentemente para o mesmo Deus), eu comecei a ficar Super Encanada quanto à eficácia das orações. O Partido Comunista na China costumava dizer para as crianças fecharem os olhos e rezarem bastante a Deus para ganhar sorvete. Eca. Então eles diziam "agora rezem bastante pelo Partido Comunista para ganharem sorvete". Daí... surpresa, surpresa, cinco bilhões de Cornettos!

Isso é lavagem cerebral, mas a gente também não sofre lavagem cerebral naquelas pecinhas de Natal no Jardim da Infância? A classe do Benjy fez uma ótima no ano passado. O Anjo Gabriel estava com o nariz entupido e pediu para a Baria deidar a grianza duba Banjedoura.

Ver também DEUS E RELIGIÃO.

ROMANCE

Isso é um pouquinho antes de transar, quando você ganha Cartões de Amor e flores, Etc. e os meninos fingem que estão interessados

Formados pela Escola Letty Chubb de Pensamento Positivo

no Jardim da Glória que é a sua Alma (antes de tentar tirar uma casquinha da delicada gostosura que é a sua pele pálida e com pintinhas). Eu já mandei um bocado de Cartões de Amor, mas só recebi um uma vez do Brian (aaaaaargh) e da minha Tia (duplo aaaaaargh). Aquele foi um Super Desapontamento, porque eu pensei que era do Lionel, por quem eu fiquei apaixonada quando eu tinha 10 anos.

Romance é uma coisa que todo mundo é a fim, mas que os Meninos não DEIXAM QUE CONTINUE ROLANDO. Na real, um menino que eu achava um mala e metido a macho estava outro dia Super Derretido com uma Menina do Quarto Ano em pleno ônibus. Ele não sabia que eu estava ali atrás, mas eu não ri porque ele podia me bater. Eu acho o Daniel Super Super Hiper Romântico. Eu sou capaz de imaginar os Cartões que ele vai me mandar no ano que vem. Montes deles, todos com diferentes caligrafias. Mas então EU VOU SABER.

Ver também NAMORO.

(DESMAAAAAAAAAAAAAAAAAAAAAAAIO)

Infelizmente, ele não sabe que ela é Alérgica

ROSTO

> *"Não me importa se meu rosto é bonito,*
> *Eu sou muito mais do que isto."*

Eu não sei quem escreveu isso mas quem quer que seja deve ter vivido antes da invenção do espelho, ou em algum deserto gelado onde está sempre escuro.

Se pelo menos fosse verdade e essas bolhas e buracos da parte da frente das nossas cabeças fossem do jeito que a gente gostaria, que lugar feliz o mundo seria.

A Aggy e eu calculamos que se a gente somasse as horas que passamos em frente de um espelho, a gente poderia ter escrito seis romances ou ajudado milhares e milhares de velhinhas a atravessar a rua. Isso faz a pessoa pensar, mas Super Encanante é o fato de que isso não faz ninguém parar de agir desse jeito.

ROUPAS

As revistas femininas falam sem parar de "roupas sexy de máximo efeito". E dão Sugestões, são elas:

1) MBP (Mais Barato Possível) ou

2) MBIP (Mais Bonito mas Impossível de Pagar).

As Sugestões MBP incluem aumentar o *sex appeal* da velha camiseta branca com apliques, pinturas de tecido, tingimento Etc. e um monte de coisas que vão demorar uma semana para fazer e cinco minutos para sair de moda. De qualquer jeito, tintas para tecido boas custam mais caro do que uma camiseta nova.

Eles vão tentar ainda te convencer a transformar a camiseta numa minissaia, num turbante, num par de meias, Etc. Etc. NÃO SUCUMBA. Mesmo que tudo isso funcione, você só vai ficar parecida com uma apresentadora de programa infantil, e se você quer mesmo um pulôver com coelhinhos de cetim você pode conseguir um numa loja de artigos para bebês.

As Sugestões tipo MBIP são "tão ruins quanto", com garotas superexibidas com nomes tipo Karen ou Amanda usando conjuntos de *cashmere* e acessórios de ouro, andando empinadas em apartamentos de luxo. Você saca que essas meninas, que reclamam das suas duras mas excitantes vidas nas quais Cada Dia É Diferente, são modelos de mil libras por minuto e que têm corpos de gazela, e não de girafas como *Moi*. Uuurgh!

Existe muita Besteira sobre esse assunto, coisas em que só as pessoas com mais de 30 acreditam, que as meninas de hoje não são escravas da moda como elas eram na sua época e que qualquer coisa pode ser usada hoje em dia... Bem, nós não temos que usar espartilho nem que amarrar os pés. Mas tente dizer isso a alguém que atormentou a mãe durante dois anos por causa de um jeans *stonewashed*, condenada a ficar cinco horas sentada numa banheira cheia de água fervente com seus jeans comuns, esfregando com PEDRA-POMES, deixando secar no corpo (grudento) e então descobrindo que *stonewashes* estão POR FORA e que jeans azuis-marinhos estão DE VOLTA, e para completar com botões de metal impossíveis de abrir.

De qualquer jeito que você se vista agora...

Nós ainda sofremos *para sermos belas* e qualquer pessoa que discorda está errada, erradíssima.

... em 40 anos você vai estar assim

A coisa mais Esquisita sobre Roupas é que com toda a liberdade que nós temos hoje em dia as pessoas ainda se vestem muito parecidas umas com as outras. Os homens quase nunca usam vestidos, ou mesmo calças curtas com meias 3/4, a não ser quando visitam aquelas senhoritas que anunciam seus serviços nos classificados. No meu Mundo Ideal você deveria poder vestir QUALQUER COISA. (Não que eu fosse conversar com alguém vestindo uma CAPA DE CHUVA. Isso me dá CAPITE NERVOSA!) E assim talvez os Góticos, Grunges, Mauricinhos, Clubbers e Radicais Chiques pudessem DIALOGAR entre si. Meu ideal seria também ser tirada gentilmente da cama e colocada num arsenal de tubos pré-selecionados com roupas impecavelmente lavadas e passadas por ROBÔS. Nunca mais aquelas odisséias agachada embaixo da cama em busca daquela MEIA oculta.

Terrível Verdade: NÃO É *O QUE* VOCÊ VESTE, MAS *COMO* VOCÊ VESTE. A Hazel é um exemplo Superbom disso. Enrole-a num saco de lixo, ponha um chinelos de coelhinho e um assento de privada em volta do pescoço e ela ainda assim seria admitida numa recepção no Palácio de Buckingham.

DICA: Livre-se de todos aqueles zilhões de blusas de tricô (uurgh), sapatos esquisitos, roupas térmicas e ACESSÓRIOS (cintos, brincos, braceletes, bolsas, Etc. Etc.) que você nunca usa.

Ahn, Por que os Homens Nunca se Vestem de Mulher?

Um Visual Esportivo
Como elas usam na Smirk (se ao menos elas usassem modelos negras, lamúrias, ó não...)

Ros Asquith

... e como cai em Adolescentes Encanadas

Desencane do que você vai vestir. Eu bem que gostaria.

Pergunte-se apenas: Será que eu sou uma vegetariana com *sapatos* de couro? E sirva-se de uma pequena Encanação.

Departamento Não É O Que Você Veste Mas O Jeito Como Você Veste: Hazel veste um saco de lixo, assento de privada e chinelinhos de coelhinho, no Baile da St. Mary's Academy (lamúrias, grrr, inveja)

SAÚDE

Basicamente a Juventude atual (isto é, *Moi*) está mais preocupada com *parecer* saudável do que na verdade com *ser* saudável. Tipo: aquela enrolação sem-fim da *Smirk* sobre cabelos brilhantes, olhos úmidos, dentes de pérola, pele de seda e tudo isso sem mexer um músculo, com adolescentes vagais e pastosas.

Eu espero o dia em que a pessoa possa ligar pelo computador e conseguir uma consulta médica instantânea, sem toda aquela Encanação e Decepção que é ter que convencer o doutor de que você está mal. Imagine você, se os hospitais fossem assim, eles provavelmente mandariam por fax as instruções para você colocar uma ponte de safena no seu pai com uma faca de cozinha, ou tirar o seu próprio apêndice com um abridor de latas.

A última da minha mãe é dar para a gente umas doses de vitaminas e sais minerais (mais fácil do que ela ter a amolação de cozinhar) e deixar as janelas abertas quando ela está fumando (isto é, sempre) e a gente que congele.

DICA: Vá ver o seu Clínico Geral se você estiver Encanada com alguma coisa. Dicionários Médicos de Sintomas não fazem exatamente você Desencanar (por exemplo, a maioria das dores de cabeça podem ser meninigite e qualquer vômito significa estado terminal) mas com bons conselhos de um médico camarada você será capaz de desfrutar de algum prazer entre uma Encanação e outra. É claro que compreendo que os médicos levam uma vida dura, constantemente sendo obrigados a dar atenção a milhões de fracotes com resfriado, e eu lamento ter reclamado de um tumor no pé quando na verdade eu estava usando um sapato três números menor.

A Minha Mãe enche a gente de vitaminas e sais minerais...
Mas será que adianta?

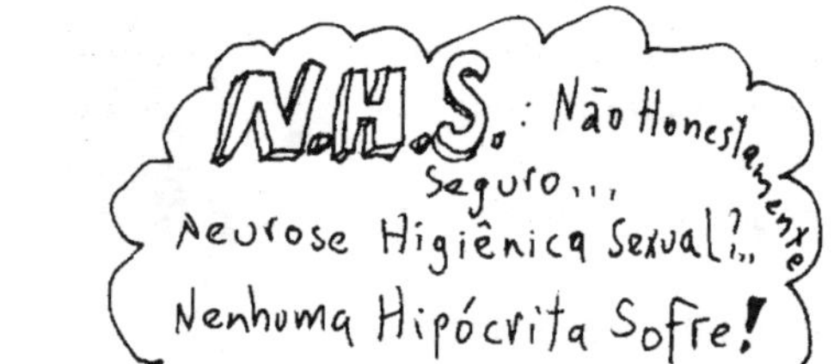

Eu e a Aggy tendo uma leve Encanação com o Sistema de Saúde Britânico

SENTIDO DA VIDA

Encanação Máxima de todos os Adolescentes Pensantes. A coisa mais surpreendente é como são poucos os adultos pensantes que parecem ligar um pouco para o Sentido da Vida.

As encanações básicas são as Quatro Grandes Perguntas:

1) De Onde Viemos?

2) Para Onde Vamos?

3) Por que Estamos Aqui?

4) Qual É Que É, Na Real?

Mas experimente só perguntar qualquer uma dessas para um adulto. Se o Benjy pergunta uma dessas Grandes Peguntas eles dão respostas Super Engraçadinhas acompanhadas de olhares admirados e sugestões de que ele talvez seja um Gênio. Se eu pergunto, isso só mostra como faz tempo que o cérebro dos adultos virou paçoca congelada e que eles estão pisando outra vez onde suas pegadas já estiveram, que nem o Horace em sua rodinha. Quando você fica mais

O Sentido da Vida

velho, VOCÊ NÃO DEVE MAIS FAZER PERGUNTAS. Porque NINGUÉM SABE. Naturalmente existem Respostas-de-Cimento para todas essas, por exemplo:

1) Seus pais fizeram sexo e você nasceu.

2) Para o cemitério, babaca.

3) Ver nº 1 acima.

4) É Tentar Ficar Vivo.

É supertriste ser uma adolescente e jogar fora todo o brilho radiante da infância e perceber que não existem respostas fáceis. É mais triste ainda ver o pouquinho de tempo que os adultos têm para contemplar a rica variedade deste planeta maravilhoso, e o Nobre Universo em toda a sua Glória, Etc.

Mas apesar de eu Encanar um bocado com o Sentido da Vida, eu já posso sentir que ela vai se apagando (não a vida, a encanação). Porque eu já não deito de costas na grama e fico tentando cair no céu e entender o Infinito. Eu não acho que isso é porque eu esteja ficando velha, tem mais a ver com alergia.

Mas se existe um número Infinito de cada coisa, então deve existir um número infinito de planetas IGUAIZINHOS AO NOSSO. E um número infinito de planetas um Pouquinho diferentes do nosso. E um número infinito de Lettys Chubbs exatamente iguais a mim. E um número infinito de Lettys Chubbs um pouquinho diferentes. E um número infinito de Daniéis Hopes (desmaaaaio). E um número infinito de Daniéis Hopes e Lettys Chubbs Se Apaixonando, ou Se Separando, ou até mesmo Nunca Se Conhecendo (TREMOR). E eu nem sei se eu sou uma das Lettys Chubbs de Sorte ou Azarada dessa história. E nem se eu tenho alguma coisa a ver com isso.

Quando você começa a pensar assim, o seu cérebro começa a doer, de modo que não é nenhuma surpresa que as pessoas parem de pensar ainda bem jovens, enquanto seus cérebros ainda estão bem novos.

O principal problema com o Sentido da Vida (além de me fazer passar noites em claro) é que os Políticos, os Líderes Religiosos, etc., normalmente confundem isso com a Busca da Felicidade, coisa com a qual, aliás, eles também não parecem estar nem aí. Mas o Sentido da Vida, como os Adolescentes Encanados sabem, tem a ver com andar na ponta dos pés à beira do ABISMO. E OLHANDO PARA BAIXO. E como alguém já disse: Acenda uma lanterna na escuridão e isso só mostrará quanta escuridão existe para se ver. Aaaai.

DICA: A Aggy me falou que eu preciso ler *Uma Breve História do Tempo* para entender essas coisas um pouco melhor. Eu sou super apavorada com o Tempo, mas eu vou tentar. Talvez eu leia isso e *O Corão* no ano que vem em vez da *Smirk*...

SEXO

Eu espero que você não tenha aberto o livro logo de cara nesta página, porque como em todas as grandes obras (ahã) cada assunto deve ser visto num profundo e significativo contexto, e como você sabe Sexo é algo que deve ter lugar apenas numa cama quente e resistente, ou seja num relacionamento onde ambos os parceiros se gostam e se respeitam.

Sexo é normalmente usado para significar ato sexual, mas as melhores formas (segundo me dizem, ahã) incluem também as Preliminares, que algumas pessoas dizem que é quando o Menino tira as meias, mas que deveriam incluir: beijar cada Pedacinho um do outro, diversos tipos de carícias e, é isso aí, até mesmo coisas Super Hiper Excitantes tipo Ficar Segurando a Mão, por exemplo. Mãos Dadas Com Quem Você Realmente Ama dá muito mais TESÃO do que dar um malho com o Sid Virilha do Quarto Ano.

Sexo é uma daquelas coisas sobre as quais todo mundo fala um bocado, mas Super Poucas pessoas na verdade fazem tanto assim. Isso acontece porque, depois de trabalhar e comer e dormir, não sobra muito tempo. Supondo que é considerada a coisa mais divertida que você pode fazer sem pagar nada, isso soa meio estranho, mas quem sou eu para dizer? A média do número de vezes que casais casados Fazem é por volta de duas vezes por semana! Os não-casados talvez Façam mais freqüentemente.

SEXO
Mas Letty, eu não posso ser seu instrutor sexual. Eu sou apenas um produto da sua IMAGINAÇÃO

Quando eu for uma adulta casada eu tenho certeza de que vou fazer duas vezes por noite no mínimo, o que vai dar uma detonada na Média Nacional. NOTA: A M.N. é provavelmente bem menor, porque este não é um assunto sobre o qual as pessoas são sinceras, e a não ser que você coloque um Espião Sexual em cada quarto, moita, estacionamento, armário de vassouras, banheiro, jardim, Etc., vai ser duro ter acesso à VERDADEIRA TAXA das Bimbadas Britânicas.

No entanto, se você nunca Fez Aquilo de jeito nenhum (tipo *Moi*), isso se torna uma Encanação. Primeiro porque você nunca tem certeza se todo mundo é realmente tão experiente como DIZ que é, e segundo, quando você quer obter detalhes do fato com as suas amigas elas dão uma de TÍMIDAS. (Até a Hazel, que começou a Fazer com o primo quando ele tinha 14 e ela 13 — urgh, eles poderiam ter sido PRESOS — e não parou mais, nem ela chega ao ponto de dar detalhes gráficos.)

A Rover não possui um conceito de Virgindade

No outro extremo da escala está a Aggy, que nunca nem ficou de mãos dadas, nem com luvas.

Os Meninos Super Encanam, e às vezes ficam mais aliviados se encontram uma Menina que nunca Fez, porque assim ela não vai poder comparar os Tamanhos de Paus, Etc. Talvez seja por isso que tantos *chicos* chamam de galinha uma menina que já Tenha Feito Aquilo.

LETTY CHUBB ENSINA COMO ACABAR COM A ENCANAÇÃO DAS CAMPANHAS SOBRE SEXO.

Todo Adolescente Encanado de mais de 16 anos será ensinado sobre sexo por uma pessoa amplamente capacitada, Super Linda, e da sua escolha, em ambientes Super Suntuosos, Super Reservados (saunas, aposentos de cetim, palmeiras tropicais, etc.). As aulas serão no ritmo de cada um (isto é, os cursos poderão durar cinco minutos ou três anos dependendo da sua timidez). Eles incluirão mapas sobre Como Encontrar Seus Pontos Erógenos e Utilizá-los Ao Máximo e também aquelas chatices técnicas que você tem que aprender de qualquer maneira sobre Como Evitar Bebês, etc. Apaixonar-se pelo seu tutor seria um risco próprio da situação, mas uma vez que isso vai acontecer de qualquer maneira quando os caras forem mais velhos e cabeludos e CASADOS, isso não será tão grave.

Uma alternativa ainda melhor seria, no caso de Virgens, descobrir sobre Aquilo juntos. Seria bem menos chocante, mesmo que você na hora H tenha colocado tudo no lugar errado. Sim! Perca sua virgindade em DUPLAS (Uma vez que você tem mais de 16, de preferência 22, e usando quatro camisinhas, etc).

Claro, eu sei que a melhor coisa de tudo é estar Eternamente Apaixonada (quando a coisa rola naturalmente) que nem a Vó e o Vô Chubb eram (soluço). Ver também PAUS Etc. Etc.

SORTE

> *"Nasci sob um Mau Sinal, e estou por baixo desde que comecei a engatinhar. Se não fosse a Má Sorte que eu tenho, eu não teria era Sorte nenhuma."*

Esse é um famoso Blues do Blind Willy Lemon ou algo parecido. Eu não acho que as pessoas Super encanadas sejam normalmente Sortudas, porque você precisa agarrar as oportunidades, e os Encanados em geral não conseguem reagir rápido o suficiente para se agarrarem em coisa alguma a não ser a truques tipo pés-de-coelho, mapa-astral, sedativos, Etc. Super Abertas, as pessoas felizes são freqüentemente Sortudas, mas provavelmente é o contrário (sortudos é que são felizes). As pessoas Super Bonitas também são freqüentemente Sortudas, por que elas têm uma tendência a receber boas ofertas de emprego, carros esportivos, férias em Aruba, noites selvagens de Paixão, Essas Coisas. No entanto, eu digo a mim mesma que pelo menos eu tenho onde morar e três refeições por dia (mais ou menos). Isto induz um mega surto de Encanação-com-a-Pobreza e Culpa por todas as criancinhas que nasceram para sofrer.

Essa culpa, se transformada em eletricidade, provavelmente poderia suprir de energia o mundo inteiro. Sem transformar, ela só mantém os psiquiatras trabalhando. Por sorte, a culpa parece que some com a idade, de modo que, embora as pessoas continuem pobres e famintas, você não Encana tanto nessa de É Tudo Culpa Minha. E mais, é duro ter Sorte se você é pobre e faminto, então talvez seja melhor você se considerar Super Sortuda se você não é nenhuma dessas duas coisas uma vez que tantas pessoas no mundo o são, e o que vier é Lucro. Ver também DÍVIDA DO TERCEIRO MUNDO.

SOVACOS

Há duas Encanações básicas com sovacos: CHEIRO e PÊLOS.

É uma superinjustiça que meninos e homens nunca encanem de depilar seus sovacos a não ser que queiram se vestir de mulher. Você pode não ter nenhum pêlo debaixo do braço agora, mas um dia você vai ter. Se você é menina, você vai crescer e temer A Invasão das Perucas de Sovaco Assassinas.

Eu gostaria de dizer que isso é completamente desnecessário. É absolutamente natural que as mulheres tenham pêlos ali e eu concordo totalmente com quem quiser perguntar: por que nos Submeter a Imagens Estereotipadas de Beleza Feminina Etc? Mas como em TODA foto que mostra uma mulher em trajes de banho ou com vestido sem manga aparece o sovaco careca, você precisa ter uma personalidade muito forte DE FATO para não ficar nem um Pouquinho Encanada.

Eu já tentei várias técnicas para superar essa Encanação, incluindo Mangas Compridas (quentes, especialmente com o Efeito Estufa), manter os braços abaixados (Difícil para Esportes, Sexo e Rendição a Guerrilhas Urbanas), Cera (Doloroso), Cremes de Depilação (Superfedorentos e não pegam os Grossões do Meinho) e Barbeadores (causa Efeito de Irritação por Raspa-raspa).

Bem, uma vez que eu não consegui encontrar uma solução 100% eficaz para isso, eu vou lançar a CACA (Campanha pelas Axilas Cabeludas), que vai reeducar O Público mostrando que seus Sovacos

podem ser Charmosos. Eu vou fazer sonetos de amor dedicados a essas Cavernas Intoxicantes do Paraíso, montar uma banda de RAP (CACA MC) que toque com os braços levantados. Cabeleireiras oferecerão Sovacos Moicanos, Tranças, Tiaras e Arcos. (Isso também significa menos Desperdício de Pêlos para criar outro Desastre Ecológico. Para onde VÃO todos os pelinhos cortados?)

DICA: Também para CHEIRO. Eu acho que três pedações grossos de sabonete costumam funcionar. Confira aplicando o nariz ao sovaco — se não sentir nada, você está provavelmente OK por talvez uma hora. Se precisar usar desodorante, então use um daqueles de bastão (inofensivos para a camada de ozônio) se você não quiser encanar com o seu sovaco criando um outro Desastre Ecológico.

SUPERSTIÇÃO

Meu próximo livro vai se chamar *Eu Não Sou Supersticiosa! Bata Na Madeira*. Encomende agora pois a demanda será enorme. As minhas superstições são as comuns (Escadas, Pássaros e Gatos Pretos, Sexta-Feira 13, Derrubar o Saleiro, Andar Só Nas Pedras Das Calçadas, Não Usar Meias Verdes, etc.), mas eu tenho umas poucas que são super minhas, tipo evitar números ímpares (ver MANIAS), evitar sempre usar a palavra relacionada a morrer que rima com "sorte" — como você já sabe, eu uso "banana" no lugar, mas eu também digo a mesma palavra falando sobre o meu tipo físico, o que é super confuso na minha cabeça e me fez imaginar se valeria a pena gastar uma nota na análise — e não sair de casa nas Quartas à noite.

DICAS: Se a Encanação com Superstição já está debilitando você, olhe como tem pessoas velhas que não são supersticiosas. E elas continuam vivas depois de ANOS sem Encanar com gatos pretos Etc. então se anime.

Adolescentes Supersticiosas, aflitas com uma Encanação numérica, dando as boas-vindas ao advento dos anos de adolescência com destemperada Alegria

SUTIÃS

Por todo o país existem garotas com peitos Supertábua. E o que elas estão fazendo? Estão comprando alças-de-pescoço-para-segurar-melancias, isto é, SUTIÃS! Tem os com enchimento, meia-taça, sem-alça, colantes, indecentes, discretos, de alça-cruzada, sem nada nas costas, de prender só no pescoço Etc. Etc. Etc. E nenhum que me caia bem! Para ser sincera, eu quero um com enchimento. A Aggy quer um que prenda firme, tipo focinheira. O mais perto que eu encontrei do Meu Ideal é um maiô de uma peça com enchimentos em forma de taça para usar por baixo da roupa, porque me deu um Ar Natural (como diz a propaganda), mas foi um pesadelo na hora de ir ao banheiro.

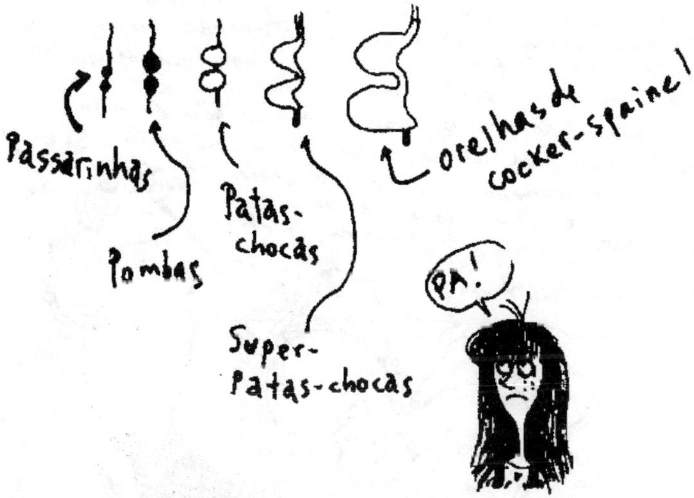

A Madonna não ajudou muito nisso tudo. Ela pode ser um exemplo positivo e tal para as Jovens Mulheres de hoje, pelo fato de ter uma Carreira e ser Superliberada com a própria Sexualidade Etc. Etc., mas não se pode fugir ao fato de ela pegar pesado na LINGERIE, mesmo que a use por cima de um terno de risca de giz masculino.

A Hazel me contou que uma amiga dela entrou numa loja para comprar um sutiã pra ela e um xale pra vó. Ela mandou pelo correio o xale junto com um cartão, e à noite no seu quarto foi experimentar o sutiã. Mas o xale é que estava na sacola, e a encomenda para a vó tinha ido com o sutiã!

EU SEI que os mamilos são para amamentar bebês e não para o Mero Prazer Masculino, e que se eles aparecerem através da sua camiseta você não deveria ficar envergonhada. Mas isso não me fez parar de encher uma gaveta cheia de sutiãs de diversos tamanhos, todos desconfortáveis. Eu ainda vou queimar todos eles um dia. Aparente-

mente, isso já foi um símbolo da Liberação da Mulher, embora a Minha Mãe diga que aquilo foi só fogo de palha. Eu bem que gostaria que elas acendessem o meu facho, isso seria capaz de fazer o Daniel ficar Sem Defesa e Com Intenções (ai, banho frio, Que Loucura, Etc).

DICA: Vista alguma coisa bem larga e Desencane. Eu consegui manter essa decisão quatro vezes este ano, mas em três desses dias eu fiquei gripada e na quarta vez eu estava num esquema Festa da Família Real, vestindo três capas de chuva de nylon. No ano que vem eu vou BANIR os SUTIÃS da minha vida.

CAPÍTULO ONZE (Letras TUV)

Nenhuma resposta do Daniel, mas eu vou vê-lo amanhã (yupiiiii, desmaio, Natal! corações, florzinhas, etc. etc.).

Estou Super Encanada com o meu pai. Eu encontrei uma garrafa de uísque vazia na gaveta da escrivaninha junto com quatro tipos diferentes de torneiras de banheira. Parece que ele não consegue lidar com nenhuma das duas coisas. Todo mundo em casa já está começando a feder. Eu coloquei de volta as partes da sua Grande Obra que andei lendo, e encontrei umas partes novas.

Eu ia para a casa da Aggy, mas lá tem tanta criança e a Mãe da Hazel não tem sido mais muito hospitaleira depois da Festa. Parece que é impossível tirar mancha de geléia de morango de toalhas de banho. Demora séculos para se lavar na pia (a gente, não as toalhas!). O Benjy, por sua vez, está Super Hiper Feliz com isso. Hoje ele leu sua primeira frase completa: "O gato sentou no capacho". A minha mãe está satisfeitíssima e diz que é o trabalho que ela vem fazendo com fonética, o que quer que seja isso.

Infelizmente, na noite seguinte ele sonhou que o capacho engoliu a Rover.

O meu pai está tentando ver como faz para a companhia telefônica instalar um aparelho para a Vó Chubb. Ela não consegue mais ir até o telefone público, depois que ela encontrou na cabine uma caixa com peixes em estado de putrefação! A Companhia diz "você espera algo melhor da telefonia privada?" A Companhia Estatal mandou 16.000 pessoas embora nesta semana, então quem é que vai instalar o telefone da Vó Chubb agora?

Tem uma pilha de louças para lavar aqui em casa, é uma pena que o meu pai não escolheu as torneiras da cozinha para o seu experimento. O Horace continua dando suas voltinhas na roda como sempre. Ele não tem sentimentos. De qualquer forma, eu temo que logo mais ele também apareça no livro do meu pai.

Vou ver o Daniel amanhã! Andei assistindo o Miles Davis na tevê a semana inteira, para saber mais sobre ele. Eu preciso dizer que ele transformou a sinuca em algo do Reino da Grande Arte, mas é que eu não sabia que o Daniel gostava disso tanto assim. Tentei também ler Proust, que o DH vive falando, mas eu empaquei na parte do biscoito. Isso me lembrou a minha tia, que ficava encanada que os biscoitos comuns se sentiam SOZINHOS se você pegasse só os mais chiques. Também gastei três semanas de trocados num tênis novo, furei as orelhas e dei um jeito no cabelo. Ficou demais, supercurto e espetado. Fiquei a semana inteira trancada em casa sonhando acordada.

TELEVISÃO

Será que apodrece o cérebro? Se Shakespeare tivesse tido uma tevê sem dúvida ele teria escrito menos peças, mas teria ganho mais dinheiro escrevendo para minisséries Etc., então quem é o perdedor nessa história? Só porque as pessoas que fazem programas de tevê têm todas elas o cérebro podre não quer dizer que TODO MUNDO tenha. A TV depois das 9 da noite é a melhor e os programas para Criança são o pior da TV. Todas as apresentadoras falam que nem a Minnie (ou então gritam a 10 milhões de decibéis) e se vestem que nem Criancinha, coisa que deveria causar vômito em qualquer criança de seis anos que se dê ao respeito. Mas, uma vez que os meus adorados e reverenciados Pai e Mãe são os únicos pais em Londres que não arrumaram um vídeo-cassete, a gente tem que se virar assistindo tudo o que está passando.

Antes eu escrevia para pedir ingressos para o *Top of the Pops*, Etc., e era louca por Atores de Novela, mas agora eu estou mais interessada na Vida Real, por exemplo, faço testes grátis de visão sempre que posso e Encano com a Irradiação que sai da TV e sonho acordada.

Ver também NOVELAS.

TEMPO

O Tempo sempre esteve aqui e sempre estará. Continuará durante todo o futuro e ainda assim nunca há tempo suficiente. Se isso não deixa você Encanada, então você está CURADA.

No entanto, se você não sabe o que FAZER com o Tempo e sente que ele está escapando entre os seus dedos ou se estendendo à sua frente como uma planície desolada (onde é que eu ouvi essa frase antes?) então ligue a tevê e antes que você perceba três horas inteiras terão se passado. É isso que é Super Assustador sobre o tempo, por que por mais que você tente controlá-lo parcelando em minutos e segundos e por mais que você tente PREENCHÊ-LO com refeições, examinando suas Espinhas, sentada na privada, Etc., ele voa, rasteja, dispara ou se arrasta de um jeito todo Super Cheio de Não-Me-Toques. Apenas experimente fazê-lo ir Super Depressa quando você está no Dentista ou Super Devagar quando você está com a Pessoa dos Seus Sonhos e você vai entender o que eu quero dizer.

E também, será que o Tempo poderia algum dia Parar? Embora esse pensamento faça o seu cérebro doer, é um bom exercício e é o tipo de coisa em que você vai ter que pensar diariamente para ser aprovada no Banco de Idéias Adolescentes.

Membros do Banco de Idéias Adolescentes terão que se fazer perguntas do tipo: E Se O Tempo Parar?

TIPO

Isso é tudo aquilo que não é o seu rosto, e é difícil dizer qual dos dois é o mais Encanante. Três formatos principais já foram definidos pelas revistas adolescentes: Pêra, Ovo e Laranja. Isso deixa o meu de fora, que seria o tipo Banana. É Super-raro encontrar artigos falando sobre o que vestir quando se tem o meu tipo, apesar de eu arrasar com meu modelito amarelo com uma listra preta.

DICA: Em caso de Pêra, saias de bailarina e bermudinhas de lycra não são recomendáveis para você, idem para Laranjas. Em caso de Ovo, vista um saco asqueroso bem grande que te cubra inteira, e vê se dá um tempo. No caso de Meninos Sem-Bíceps, lembre-se de que montes de Garotas não têm peito, e assim você pode se sair SuperBem com elas e passar horas agradabilíssimas comparando seus atributos físicos.

Em caso de Pêra ou Laranja, sainha de balé e bermudinha de lycra não são recomendadas

TRANSPORTES

O carro é atualmente a única forma de Transporte que o Governo gosta. Mesmo assim, ainda é possível encontrar o exótico e demodê Ônibus Vermelho de Dois Andares, que se refugiou em pequenos bandos há muitas milhas daqui em algumas das nossas grandes Cidades e do jeito que as coisas vão indo é provável que em breve eles voltem a ser puxados por cavalos, ou por equipes de desempregados. Os Ônibus pequenos foram mandados para lugares muito distantes tipo as Terras Altas da Escócia, eu acho, e o resto imigrará para lá quando a Escócia exigir a Devolução (e ter governo próprio). Tomar ônibus se tornou uma Arte e é Super Frustrante saber que, mesmo depois que você conseguiu pegar um, você vai ter que descer no seu ponto e deixar ele ir embora até a próxima vez. Se a gente tivesse feito a mesma coisa com os búfalos, o mundo poderia ser um lugar melhor

Os londrinos são Super Sortudos de terem o esplêndido trem do Metrô, onde você pode ir Super Confortável junto com um monte de estrangeiros no meio daquele breu. Apesar de ser Super Difícil entrar e sair das estações por causa daquele monte de catracas que comem o seu bilhete e mesmo assim não abrem para você passar, o metrô parece ser uma coisa Super Popular, principalmente na hora do *Rush*, quando tudo parece ir devagar. Por sorte as estações estavam com catraca livre quando aconteceu o último grande incêndio do metrô. Eu espero que eles acabem com elas antes que o próximo aconteça. Existem também escadas rolantes nas estações e às vezes elas estão funcionando, mas em geral andar de metrô dá uma canseira de subir escadas que eu às vezes preferiria correr atrás de ônibus (talvez sejam eles que corram atrás da gente, mas só que ainda não são muito bons nisso).

Trens e caminhões são as outras formas de transporte. Os caminhões são chamados de ônibus quando são usados só para transportar gente e vão Super Rápido sem cinto de segurança, tsc tsc tsc, mas são Super Baratos e Divertidos, ao contrário dos trens.

O Banco de Idéias Adolescentes já terá solucionado a Encanação com Transportes até o Ano 2000

DICAS: Se você tem coragem de andar de bicicleta (diferente de *Moi*), esta é a forma mais indicada para evitar Encanações com Transportes. Mesmo assim, você vai precisar de um capacete, mais uma arma anti-tanque de guerra para atirar nos motoristas antes que eles acertem você, e para arrebentar as portas que eles abrem quando você está passeando distraída. E mais, faixas fluorescentes, joelheiras, etc. Também é Super Bom ter parafusos e correntes e uma malona para suprimentos, luzes e rodas, que são removidas se você estaciona a sua *bike* por 2 segundos.

UNHAS

Eu rôo as minhas desde que eu me lembro. Minha mãe diz que é porque ela não me amamentou o tempo suficiente (culpa, lamúrias, castigo). Talvez a análise no futuro prove que ela estava certa. Mas eu acho que essa teoria faz parte de um roteiro sexista para amarrar a mulher ao berço, embora ter dado de mamar só por dois dias tenha sido um pouco mão-de-vaquice, uma vez que ela amamentou o Benjy por SEIS MESES.

Eu não quero garras que nem as da Malvina Cruela, mas eu não acharia nada mal umas ovais bem simpáticas cor-de-pérola, que nem aquelas que aparecem nas sessões de foto das revistas femininas.

Encanada Comedora-de-Unha

UNIVERSIDADE

Todo mundo diz que qualquer um com pelo menos meio cérebro deveria ir para a Universidade, se pudesse. É uma maneira de desenvolver seu Potencial, arrumar um Bom Emprego, Etc. É triste dizer, embora eles estejam enfiando cada vez mais estudantes lá dentro e esses Centros de Excelência agora estejam soltando gente pelo ladrão, e tenham que dar aulas em três turnos, é cada vez mais difícil para os chamados estudantes se manterem como tais. Todo mundo já está devendo uma fortuna antes de começar, e a não ser que você tenha a sorte grande de ser filho ou filha do Príncipe de Gales você vai é passar a maior parte dos seus Dias de Ilustração enrolada em quinze cobertores de lã e vivendo num porão (onde pelo menos você vai poder produzir cogumelos).

É evidente que as Universidades Chiques inglesas com suas tão Sonhadas Torres Medievais soam Super Agradáveis. Eu Super Adoraria ficar vagabundeando num gramadão ensolarado, recitando poesia e tomando chá com creme e torradas que nem o Ashley, mas

Ainda temos Mel para o Chá?

as chances de alguém sair da Minha Escola e entrar em Oxbridge são de uma em um zilhão, e essa uma é a Aggy.

DICAS: Uma vez que o Grande Império Britânico começou a diminuir, e nós agora somos pior educados do que em alguns lugarejos tipo Portugal, vale a pena você tentar conseguir o máximo de estudo que puder para poder competir com os geniozinhos da Europa. (Mesmo sabendo que a maioria dos bilionários parece que fugiu da escola na primeira oportunidade. NOTA: Se você tem Talento para os Negócios, mande-me suas idéias AGORA.) Escolas Técnicas, Escolas de Arte, de Teatro, essas coisas, são alternativas mais fáceis do que a Universidade. Você precisa de um talento Super Pequeno para algumas dessas coisas (veja a Minha Mãe...). Uma vez que pensar na CARREIRA é uma coisa Super Encanante, a Universidade ou coisa que o valha podem ajudar você a pôr a sua Encanação para fora. Talvez a recessão já tenha passado quando for a sua vez! E isso seria uma coisa Super Boa para os tipos desempregados e para os níveis de Criminalidade (como o Governo já está cansado de saber).

UTOPIA

O oposto disso que a gente tem agora. Quando o Banco de Idéias Adolescentes estiver governando o país nós chegaremos lá. É Super Encanante pensar que zilhões de pessoas não viverão para ver acontecer.

VAGINA

O negócio das meninas de onde saem os bebês (normalmente depois que um Pau esteve ou dentro ou Super Perto dali). Também é de onde saem as suas Menstruações, e também líquidos escorregadios, especialmente quando você está com Tesão. Mas se você é uma Menina, me diga, como é que você chama isso? E MAIS, e como você chama o negócio por onde você faz xixi? O dos Meninos é Super Fácil, fica bem ali. Um negócio só para as duas funções e é apelidado de Pau. Mas as meninas são forçadas a se sair com frases Super Sem

A Rover não encana com que nome chamar as suas partes íntimas

Graça tipo "Lá Embaixo", "Partes Baixas". "Xana" não só é grosseiro como também soa estranho se você tiver uma gata, porque parece nome de gata. "FANNY" é como os Americanos chamam a Bunda! Sugestões são bem-vindas.

NOTA: Não existe um apelido para o clitóris que é aquela coisinha na frente que dizem que é a fonte de toda a diversão (hã hã) e que fica Super Excitado quando alguma coisa faz pressão nele (tipo o Pau). E é daí que vêm os maiores Tesões, mas as pessoas consideram que falar sobre isso é ainda mais baixaria do que falar em Pau, e por isso um monte de Garotas por aí não sabe muito sobre isso. (Injustiça, lamúria, sexismo.) Não é que eu quisesse ter pais que falassem ABERTAMENTE sobre isso, que nem os vizinhos da Hazel, o Senhor e a Senhora Espontêaneos. Eles estão sempre espontaneamente tirando a roupa em Praias de Nudismo. Não precisa nem perguntar se o Espontâneo Jr. saiu de casa e foi trabalhar no comércio.

DICAS: Apesar de as Meninas encanarem mais com seus Peitos do que com suas Vaginas, algumas pensam: será que não é muito pequena? Ou muito grande? Levando em conta que elas são Super Elásticas, isso deveria ser classificado como uma Encanação do Tipo Bem Menor, mesmo para L. Chubb.

VAMPIROS

Eu acabei de ler que nos EUA existem QUINHENTAS pessoas que se consideram *Vampiros chupadores de sangue*. Eis aí outra razão Super Boa para não viajar para longe.

VELHOS

Eu sou Super Encanada com Velhos nessa correria de hoje em dia, com a economia indo para o buraco e a aposentadoria sendo roubada por bandidos de colarinho branco, Etc. (Até os investigadores de fraudes ganham 300 libras por HORA, urgh!)

Eu gosto de pensar que eu encano com os Idosos porque eu sou uma pessoa carinhosa e maravilhosa, mas eu acho que tem mais a ver com a minha superafeição pela Vó Chubb, que não tem duas moedas para esfregar uma na outra (mas se tivesse ela gastaria em Sabão em Pó).

Junte-se à Campanha Letty Chubb Para Os Velhinhos: Cadeiras de Rodas Turbinadas A Domicílio! Bimbo Grátis! (*Não seria Bingo? Nota do Editor*) Transporte gratuito ao redor de todo o mundo em Concordes na classe especial da Terceira Idade, incluindo penicos especiais, filmes da Segunda Guerra, discos do Frank Sinatra, Etc. Até mesmo Velhinhos Realmente Terríveis devem ser paparicados e receber coisas chiques, assim como sempre fazem com os Nenezinhos Terríveis.

Não sei se eu não deveria priorizar isso no Banco de Idéias Adolescentes em vez de A Bomba Nuclear? É Super Encanante, mas se eu for somar o tempo que eu fico escutando a Vó Chubb falar provavelmente dá só metade de um dia por ano. ELA me ouve muito mais (culpa). Remorso.

Ver também AVÓS.

VIAGEM

Expande a Mente. É incrível pensar que existem todas aquelas praias ensolaradas, cachoeiras, desertos, florestas tropicais, montanhas, Etc., que eu poderia estar desbravando com o Daniel se eu apenas tivesse o dinheiro para ir e a coragem de viajar de avião até lá. Elas estão lá o tempo todo, mesmo quando você está perdendo o ônibus (ou o namorado) num asfalto garoento.

Eu estou torcendo para que alguém invente viagens em pensamento antes de eu ter 18 anos, aí vai ser só pensar num lugar e você já está lá. A Inglaterra vai ficar Super Vazia, é claro.

VOZ

Super Encanação para meninos por volta dos 13, que é quando a coisa começa a acontecer e eles falam parecido com uns camarões com soluço. Isso é perfeitamente normal, Hah! E a não ser que você este-

Infelizmente, não tem como consertar uma voz na fase crítica

ja ganhando uma fortuna num Coral de Meninos Cantores, não há absolutamente nada de Encanante nisso.

Mas a voz pode ser Encanante também para as Meninas, porque uma voz grave é mais popular do que uma aguda, e é por isso que a Margareth Thatcher e os apresentadores de jornal, Etc., fazem aulas de locução e Treinamento para a voz. E quem tem a voz mais grave? Por quê? Os Meninos, é claro (e a M. Thatcher). VIVA AS VOZES ESTRIDENTES!

CAPÍTULO DOZE (Letras XYZ)

Esta foi a pior semana de toda a minha vida. É difícil descrever. As palavras parecem que escapam dos meus dedos. Eu fui até o rio, mas o Daniel não apareceu. Depois de quatro horas eu fui andando até a casa dele e encontrei a Hazel saindo. Eu não podia acreditar. Eu bati nela. Ela estava surpresa. Daí ela me reconheceu (eu tinha me esquecido do meu cabelo novo). Ela estava por ali procurando o IRMÃO dela, foi o que ela DISSE. (Ha!)

Eu liguei desesperada para a Aggy e o pai dela disse que ela tinha ido para a casa de um menino. (AGGY????) Ele me deu o número do lugar.

Era o número do Daniel.

Bem, obviamente ele tinha combinado de me encontrar em algum outro lugar e ligou desesperado para ela por que eu não aparecia.

Mas não. Eu fui até lá e o Daniel não queria me deixar entrar. Depois ele me reconheceu e admitiu tudo. Na última vez que a gente saiu, ele viu a Aggy saindo chorando da minha casa (a noite que ela ficou de babysitter! Arghhhh!). Ele, para ser educado, a acompanhou até a casa dela, e daí achou que ela era tão vulnerável, tão sozinha, tão brilhante e sensível e... Eu espero que nesse ponto você já esteja vomitando. Eu estava. Para fechar com chave de ouro, ele terminou dizendo que achava que o meu livro era "Imaturo". Arghhh!

Eu corri para casa para queimar tudo, mas eu chorava tanto que os fósforos não pegavam fogo.

A Minha Mãe chegou e foi muito legal comigo. Foi a primeira vez que a gente conversou em quase um ano. E é por causa dela que você está lendo este livro agora. Graças a Deus já está quase acabando.

Eu escrevi para o Arcebispo de Canterbury para ele me aconselhar sobre como virar freira e servir a comunidade.

Adeus Esperança, adieu *coisas infantis, eu devo agora me ocupar com Boas Ações, Pensamentos Nobres e a Dívida do Terceiro*

Mundo. Mas eu jamais vou perdoar a sensível, vulnerável e sonsa da Aggy enquanto eu viver.

Estou escrevendo isto apenas para poupar os meus pais de um destino pior do que a "banana".

O vento levou minha juventude. Creio que o Mundo será melhor para o Benjy do que provou ser comigo.

Se este Livro te dá uma impressão de alegria, é só porque eu estou sorrindo através das minhas lágrimas.

Já que a minha vida agora é cinzas e que as minhas esperanças naufragaram para o fundo do mar, é justo que eu não tenha mais que Encanar com:

XILOFONES
Instrumentos que soam como garrafas de leite sendo batidas com pantufas.

XXX
Para mim queria dizer Beijos no final das cartas. Mas eu, Enquanto Freira, provavelmente só vou beijar as testinhas serenas de crianças abandonadas pelas Mães e que eu vou acolher e criar (quando eu não estiver na escola de cinema das Freiras, trabalhando em Documentários Religiosos e expandindo a minha Mente).

ZODÍACO
É duro mas eu tento não ser Amarga, mas a Aggy é de Áries, o Signo que Sagitário (o Sonso do Daniel) sempre escolhe. Hitler também era de Áries. Bem, ofereço a vocês a seguir o Zodíaco de Letty Chubb... Eu estou muito esgotada para escrever mais... *Adieu.*

ÁRIES ♈ 22 de Março - 20 de Abril
BREVE SÍNTESE DOS RESUMOS
Aggy. "Chifruda". Pah!
TOURO ♉ 21 de Abril - 21 de Maio
LOJA DE PORCELANA
Moi. "Me Arrastando". Um Saco.
GÊMEOS ♊ 22 de Maio - 22 de Junho
Benjy. "Duas Caras". Nem é!
CÂNCER ♋ 23 de Junho - 23 de Julho
Vó Chubb. "Ranzinza"? Nunca!
LEÃO ♌ 24 de Julho - 23 de Agosto
Ashley. Rei. Yeah (gemido)
VIRGEM ♍ 24 de Agosto - 23 de Setembro
Hazel. Virgem? Conta outra.

LIBRA ♎ 24 de Setembro -23 de Outubro
Senhorita Peidros: "Justiça" (!*@!!*!)
ESCORPIÃO ♏ 24 de Outubro 22 de Novembro
Brian. "Paixões Secretas"? Hmmm...
SAGITÁRIO ♐ 23 de Novembro - 22 de Dezembro
DANIEL. Meio HOMEM, MEIO ANIMAL. HAH!
CAPRICÓRNIO ♑ 23 de Dezembro - 19 de Janeiro
Meu Pai. "Desenvolvimento Tardio".
AQUÁRIO ♒ 20 de Janeiro - 19 de Fevereiro
Mãe, atenda minhas necessidades!!!
Minha MÃE. Carregando água, (mas não para seus filhos beberem)
PEIXES ♓ 20 de Fevereiro - 21 de Março
MAR do DESALENTO
Vó GOSLING. Sonhadora? (HaH! FALSA? Yeah)

CAPÍTULO FINAL

Engraçado esse mundo velho.

Agora completou seis semanas desde aquele Dia Terrível... e eu andei juntando os pedaços da minha desolação etc. etc., apesar de não ter recebido nenhuma resposta do arcebispo.

A Hazel me levou para passear todos os dias da primeira semana depois do Dia Fatídico, apesar de tudo ela ainda está com um olho roxo. Finalmente ela me contou que está saindo com uma MENINA e BEIJANDO NA BOCA!!!!!

Eu fiquei sem fala. Vai ter muito menino rangendo os dentes e se atirando de prédios quando a notícia vazar.

A Aggy deu para o Benjy um gatinho de Natal, por causa disso eu estou espirrando mais ainda. Ela até escreveu uma carta Super Comprida pedindo desculpas. Ela disse que quando o Amor Bate Forte, Etc. Etc. Eu não tinha me tocado que ela já andava com o coração saindo pela boca por causa do Daniel muito antes de eu ter conhecido ele... de qualquer maneira, ela é muito mais inteligente do que ele, e então não vai dar certo mesmo.

Eu deixei ela se contorcendo de agonia por uns dias... mas a gente ficou Amiga de novo.

A minha mãe recebeu uma proposta para desenhar papéis de parede! O resultado foi que ela andou fazendo esses desenhos pela madrugada no ateliê de um amigo, porque ela achou que se ela fizesse em casa o Meu Pai ficaria dizendo que aquilo era Perda de Tempo. Eu não tinha idéia de como isso tinha me deixado Encanada.

É obvio que a Minha Mãe é a nossa grande chance de nos livrarmos dos cobradores. A Grande Obra do meu pai, até onde eu entendi, virou meio que um Homem na Cabana de Troncos junto com um verdadeiro Zoológico de bichos com os quais ele troca Sabedorias Ancestrais, e eles planejam tomar o Poder quando a Grande Crise vier trazendo a Nova Era. Está claro que o meu pai ficou mais louco do que o Mikey Maluco Jackson, mas eu acho que ele é inofensivo.

As minhas fotos pegaram quinto lugar num concurso de um jor-

nal local. O editor disse que elas tinham "profundidade". Ganhei seis rolos de filme.

O Brian me mandou no Natal uma caixa de chocolates e um poema. Até que foi legal. Eu notei que ele agora tem novas qualidades e o seu físico melhorou muito...

Eu ainda estou Encanada. Eu gostaria de dizer que não, mas no momento as minhas principais Encanações são a minha coluna, meu Trabalho Final, meu cabelo (que eu realmente estou ODIANDO... está todinho espetado), e o jeito que o meu rosto mexe quando eu falo. Eu acabei de perceber isso, porque normalmente você não se vê falando. Quem me dera eu nunca tivesse feito aquele curso de vídeo.

Desencanei do Daniel. O cabelo dele não parecia areia molhada no pôr-do-sol coisíssima nenhuma, parece mais um monte de elásticos. "Interminável e desolada planície devastada." Ha!

FIM

-

(QUASE)

Eu · Moi · Mim Mesma
(a passos largos rumo a um novo amanhecer....)

Questionário L. Chubb para Adolescentes Encanadas(os)

Preencha aqui mesmo se você estiver afim! (Para o meu próximo livro, he he!)
É uma coisa anônima (ninguém vai ficar sabendo quem você é...)

Idade: Sexo:

APARÊNCIA: O que você menos gosta na sua aparência?

• O que você mais gosta?

ESCOLA: Você estuda em Particular ☐ Pública ☐ De Padre/freira ☐? O que você mais gosta na Escola?

• O que você menos gosta?

• Que matérias você escolheria (caso você goste de alguma) para escrever um Trabalho Final?

• Você pretende continuar na Escola depois dos 16 ☐ Algum outro tipo de Curso ☐?

FAMÍLIA: O seus pais estão juntos ☐ Caso estejam, eles são casados? Caso você viva com um deles, qual? E você costuma ver o outro? Dê o número de irmãos e idades ___ Você se dá bem com seus irmãos/irmãs? Caso você não tenha, você gostaria de ter? Você tem algum bicho de estimação? Que bicho você gostaria de ter?

INTERESSES: Diga quais são os seus!

EMPREGO: O que você mais gostaria de fazer? Que tipo de emprego é mais provável que você vá conseguir?

AMIGAS (os): Você tem uma melhor amiga? Caso não tenha, você gostaria de ter? O que você procura numa Amiga? Alguma Inimiga? Caso você tenha, o que será que faz dela sua Inimiga?

AMOR: Você já Amou alguém? Já saiu com Alguém? Caso tenha saído, quanto durou o seu relacionamento mais Longo? Para você é importante ter namorado? O que você acha que faz você Amar Alguém?

SEXO: Você é Virgem? Caso não seja, você está contente com isso? E quantos anos você tinha? Você já beijou alguém? Você se descreveria como Heterossexual ☐, Gay/Lésbica ☐ ou "Não Tenho Certeza" ☐? Você já se sentiu pressionada a fazer alguma coisa que não queria fazer? Caso já, o que aconteceu?

VOCÊ: Se você tivesse três desejos, o que seria?

Você é Supersticiosa? Se for, quais são as suas?

Você tem algum Ídolo? Quem?

Você acredita em Deus? Se acredita, qual é a sua idéia de Deus?

♡ ♡

VOCÊ (continua...) Você acha que as Meninas são diferentes dos Meninos? caso ache, em quê?

Você se descreveria como alguém: Super Feliz ☐, Feliz ☐, OK ☐, Infeliz ☐, Super Infeliz ☐?

Quando você tem algum problema, existe alguém com quem você pode conversar? Se tem alguém, quem é?

Se você tivesse muita grana, como você gastaria?

Você costuma **ENGANAR**: ☐ Pesado ☐ um pouco ☐ Quase nunca ☐ em hipótese alguma ☐?

Com quem você mais se importa no MUNDO Inteiro?

Você se interessa por Horóscopos?

Se você for votar nas próximas Eleições, em qual Partido você votaria? Por quê?

Como você descreveria a sua **APARÊNCIA**?

E como você descreveria a sua **PERSONALIDADE**?

Você diria que é: Preta ☐ Marrom ☐ Bege ☐ Branca ☐ ou OUTRAS ☐?

LISTÃO: Coloque em ordem de importância para você! (use apenas as letras!) [A] Amizade [B] SEXO [C] SEXO [D] Grana [E] Roupas [F] Música [G] Livros [H] CARREIRA [I] Família [J] FILMES [K] TV.

LISTA coloque em ordem de importância MUNDIAL:

[A] Paz [B] Meio Ambiente [C] Fome

E em ordem de importância Nacional: [A] Aposentadorias e Pensões [B] Saúde [C] EDUCAÇÃO [D] Desemprego

E o que deixa você **MAIS ENCANADA?**

(coloque as letras na ordem)

[A] Lição de Casa [B] A VIDA na sua CASA [C] Amizades

[D] AMOR [E] Sexo [G] SAÚDE

POR FAVOR,

PONHA AQUI SUAS OUTRAS ENCANAÇÕES & COMENTÁRIOS

(use uma folha a parte se você quiser, desculpe, está tão apertado!)

Com agradecimentos especiais para os Adolescentes Encanados de Wandsworth ....

Recorte na linha pontilhada e mande para: LETTY CHUBB
Piccadilly Press, 5 Castle Rd, LONDON NW1 8PR

obrigada! Com Amor
Letty Chubb

FIM

Este livro foi composto em Lucida Sans
pela Bracher & Malta, com fotolitos do
Bureau 34 e impresso pela Bartira Gráfica
e Editora em papel Alta Alvura 75 g/m^2
da Cia. Suzano de Papel e Celulose para a
Editora 34, em julho de 2001.